式子内親王ノート──風の歌人　齋藤史

石川路子短歌評論集

短歌研究社

目次

式子内親王ノート

人生へのはかない期待とロマン的心情　11
戦乱の時代の受身の生き方　15
「斎院」時代に形成された品格　18
斎宮・斎院の職能　21
精神世界の展開としての百首歌　24
特長的な「ながめ」の姿勢　27
「ながめ」の歌の最高作　31
恋歌は忍ぶ恋　34
三つの百首歌の分析　37
きらめく感動の結晶——体言止めですべてを受ける歌　40
漢詩文に溶かした時間の音楽　43
漢詩文による詩想の刺激　47

「うたたね」と「夢」にある真実　50
積極的な『万葉集』の摂取　53
木の葉の嵩は情念の嵩　57
木の葉しぐれの情念　60
孤独の照明――冬の月　64
豊かに香り高く築かれた世界　67
新古今に留めた不朽の名声　71

風の歌人　齋藤史

史の風のさまざま　79
風立ちぬ　79
風通し　81
風恋ひ　84

颪に向かう　86
颪のやから　88
颪に燃す　91
颪売る少女　93
颪翩翻　95
颪のヒユウ　98
颪のごとく　100
颪も月日も　102
颪に放たむ　104
史の味覚〈苦味〉の系譜——苦瓜から苦酒まで　107
史の歌より　118
嫉妬　118
額　121

藍と明治の女　123
史の冬『やまぐに』　127
立ちはだかる壁——史の歌会　132
齋藤史の「橋」非在への道——戻り橋から夢の浮橋まで　146
晩年歌一首鑑賞　158
最終歌集『風翩翻以後』を読む　161
あとがき　171

カバー装画　阿部和佳恵

式子内親王ノート――風の歌人 齋藤史

石川路子短歌評論集

式子内親王ノート

人生へのはかない期待とロマン的心情

桐の葉も踏みわけがたくなりにけりかならず人を待つとなけれど　『新古今　秋下』

内親王の歌の中でも愛誦してやまない作品である。「桐一葉落ちて秋声を告げる」と言われるが、桐の葉は茂るのも早く、落葉するのも早い。それだけに季節感のよく出る木である。秋深くなると、幅広い葉は黄色く枯れて、風もないのに青空から「ばさっ」と大きな音を立てて落ちてくる。それは、華麗なる凋落とでも形容できる一瞬である。その葉に道はすっかり埋もれてしまった。秋の陽は既に傾き、人恋しい時刻となったが、特に訪ねて来る人とて心当たりはない。「かならず人を待つとなけれど」、即ち「必ず訪ねてくる人があって、それを待っているというわけではないが……」と言うのだが、そう言いながらも、訪ねてくれる人へのはかない期待は消すべくもない。

この「かならず……なけれ（否定）」という表現を、私は非常に散文的なものとして捉えるのだが、当時の人はどんな想いを込めて用いていたのであろうか。和歌に用いられた「かならず」の例は、『万葉集』二、『新古今集』四、『新後撰集』二、『玉葉集』二、『風雅集』一、『新後拾遺集』二、『新続新古今集』二、他の私家集には、『拾玉集』二、『拾遺愚草』二、『和泉式部集』二、と非常に少なく、しかもほとんどが肯定表現である。否定と呼応して用いられたのは、

『新古今』二例

露は袖に物思ふころはさぞなおくかならず秋のならひならねど　後鳥羽上皇

秋きぬと松ふく風もしらせけりかならず萩のうはばならねど　七条院権大夫

『新後撰』一例

今よりの心通はば思ひ出のかならず花のをりならずとも　漸空上人

である。新古今の場合は、すべて三句切れで上下句を倒置した形であり、これは時代の好みで

あったのかもしれない。散文でも、「かならず……否定」の呼応は数えるほどであるが、「かならずしも……否定」の呼応は相当に用いられており、こちらの表現ならば全く散文的と言える。ただ、以上のような事実から「かならず……否定」の表現を散文的だと決めつけることはできないが、とにかく、私には、「踏みわけがたくなりにけり」という詠嘆を、下の句が、ひどく冷静に受けているように思われてならない。そして、ここに、内親王の非常に冷めた眼を感じるのは、思いなしであろうか。

この歌の作られたのは、正治二年（一二〇〇）初秋に行われた後鳥羽院初度百首歌に召された折である。内親王は、翌建仁元年正月になくなっており、晩年、およそ四十七歳ぐらいの作と推定されている。

当時の四十七歳は生活環境から考えて相当の老齢と見てよかろう。しかも、戦乱の中での運命の変転を経たあとの作であることを思えば、この沈潜した調べにも納得がいくように思う。しかし、そのことよりも、世の辛酸をなめ尽くした老齢の内親王が、なお且つこう歌っていることが、私には驚きである。

来るはずもない人を待つ心――それは言い直せば、人生へのはかない期待であり、ロマンを求める心ではないだろうか。

この歌は本歌取りで、『古今集』僧正遍昭の、

わが宿は道もなきまで荒れにけりつれなき人を待つとせし間に

に基づいている。本歌取りの原則に従い、原歌は「恋」であるが、それを「四季」に詠み変えている。その原歌からもほのかなロマンが、当時の言葉で言えば「艶」が漂ってくる。しかし、それだけではない。これは内親王の本然的な姿であったのではなかろうか。

訪れが離《か》れ離《が》れになり通い路が荒れまさるという趣向は、平安の物語ではおなじみであり、歌にも多い。同時代の女流、俊成女にも、同じ趣向の歌、

とふ人も嵐吹きそふ秋はきて木の葉にうづむ宿の道芝　『新古今　秋歌下』

かよひこし宿の道芝かれがれにあとなき霜のむすぼほれつつ　『新古今　恋歌四』

がある。新古今風な世界を創造しえていて、調べも美しい。それに、技巧的で掛詞に凝っており、物語風である。しかし視覚的には不鮮明である。しかるに、内親王の歌は、当時の類型的な情景を用いながら、黄ばんだ大きい桐の葉に埋もれた道が、くっきりと浮かび上ってくる。俊成女は物語のヒロインになりきって作っており、そのロマンは至って表層的である。内親王の歌には、この世をはかないものと観じる諦念を超えた、確固としたロマン的心情があり、そ

れが、この晩秋の情景にしみじみと溶かし込まれている。この時代の誰にもなかった、内親王のすぐれた資質を、ここに感ぜずにはいられない。

戦乱の時代の受身の生き方

川舟のうきてすぎゆく波の上あづまのことぞ知られ馴れぬる

内親王の御集には、三つの百首歌が収められているが、その二番目、建久五年（一一九四）五月二日の日付のあるものの、「雑」にある一首である。その百首歌の詠まれた時期こそ、内親王を時代の波が呑み込もうとする、危機感に満ちた時であったように思われる。

内親王の生年は、仁平三年（一一五三）か、久寿元年（一一五四）頃と推定され、父は後白河天皇、母は高倉三位成子である。保元の乱は三歳の頃、平治の乱の起こった平治元年（一一五九）、六歳の頃に賀茂斎院に卜定され、十一年間、未婚で神に奉仕したが、嘉応元年（一一六九）、病のため退下した。同腹の第二皇子守覚法親王は、出家して仁和寺に入り、姉亮子内親王（殷富門院）、好子内親王、妹休子内親王も、斎宮としての一時期を過しており、すべて現世の栄光からは遠い場に追いやられた感がある。もっとも、殷富門院だけは、後に安徳・後鳥羽両帝の准母となってはいるが、中でも悲劇的であったのは第三皇子以仁王であった。帝位に即くべき器量を備えていたという王は天台座主最雲に預けられ出家する身であったのに、人目をしのんで元服した。しかし、母成子の出自が高貴でないため、親王宣下も得ることができなかった。源頼政の進言に応じて、自ら最勝親王と称して平家追討の令旨を発した。治承四年（一一八〇）のことである。謀叛計画は直ちに発覚。平家物語には、平知盛の追撃を受け南都へ落ちのびる途中、流れ矢を御そば腹に受け落馬して討ち死にしたこと、肌身離さぬ名笛を棺に入れよという遺言、六波羅に送られた首は、宮に寵愛された女房が一目見て泣き崩れたことで確認された話などがある。

内親王が、この同腹の兄の悲壮な最後をどのような感慨で受け止めたかは知る由もない。しかし、歌にある「あづまのこと」は、関東の状勢、頼朝の挙兵であり、以仁王の行動も含まれる。そんな戦さのことにも馴れたことだと詠んでいるのだ。波のまにまに木の葉のように浮き漂う小舟は、時代の流れに翻弄されている自身の姿である。掛詞として「あづまのこと」が響く。神楽や雅楽に用いる六絃琴が「東の琴」である。その調べは、新しい階級の台頭に押されて没落していく貴族たちの終焉の曲のように思われる。「れ」という自発、「ぬる」というやわらかい完了が、その運命に従うしかない受動性を感じさせる。

母三位は治承元年（一一七七）に既になく、父上皇も建久二年（一一九一）に崩御する。

後白河院かくれたまひて後百首歌に

斧の柄の朽ちし昔は遠けれどありしにもあらぬ世をもふるかな　『新古今』

「ありしにもあらぬ」という表現の激しさに、愛深き父君を失った悲嘆がこめられているようだ。しかも、院の死後、その霊がついて言わせたことが原因になって、蔵人橘兼仲と僧観心の陰謀事件が起こった。真偽のほどはわからないが、内親王もそれに連座した疑いで、危うく洛外に追放されようとした。それがもとになり出家したと伝えられる。

その時期について、古典文学大系の補注は、この二番目の百首歌が出家の記念として作られ、縁のあった賀茂社に奉納されたものと思われ、建久五年五月二日の日付があるとし十八道（真言修法の最初の法であり、出家後間もなく受けるもの）を受けたのが六月五日なので、その間ではないかと考証している。

「川舟の」の歌と並んで、次の二首がある。

今日は又きのふにあらぬ世の中を思へば袖も色かはりゆく

憂きことは巌の中も聞こゆなりいかなる道もありがたの世や

世の無常を感じ法衣に変え、隠遁した「巌の中」までも、なお「憂きこと」はつきまとってくる。

動乱の歴史のまっただ中に、受身の形で生きることを余儀なくされた内親王の生涯の基調となることば、それは「はかなし」であり、「行方も知らぬ」であり、「あるにもあらぬ」である。御集をひもとく時、これらの語が次々と目に入ってくるからだ。

「斎院」時代に形成された品格

運命を押し流そうとする時代の波のまっただ中にあって、「行方も知らぬ」とも、「はかなし」とも、「あるにもあらぬ」とも観じながら、確固として築き上げられた内親王の文学の世界。この強靱な個性は、何によって育まれたものであろうか。

父に後白河院を、兄に守覚法親王を持つことを見ても先天的に文学の才能に恵まれていたことは確かであるが、その資質にさらに磨きをかけたのは、斎院としての十一年間であった。

斎院に侍りける時　神だちにて

忘れめやあふひを草にひき結び仮り寝の野べの露のあけぼの　『新古今　夏』

「忘れめや」という反語表現に、この時代をなつかしむ心の激しさが感じられる。内親王は、五、六歳で斎院に立ち、十六、七歳までを賀茂の御垣の中で神への奉仕者として過ごした。この時期は最も感受性の強い年齢であり人間形成のなされる時期にも当たる。したがって、斎院というものの身分・職能、その生活を考えることが、内親王の歌の世界を解明するかぎになるものと思われる。

斎院とは、賀茂神社に奉仕する未婚の内親王または女王を言い、特別の事情がない限り、その天皇の一代の間務める。斎院が選ばれると賀茂上下の両社へ使を遣わして告げ、宮中に適当な所を選んで居所とする。これを初斎院という。斎院は「初度の御禊」という鴨川でのみそぎを済ませてここに入る。この御禊には勅使として参議一人が供奉する。その後足掛け三年間潔斎し、その四月の賀茂の祭の前の吉日に、再び鴨川で身の祓いをして紫野の野の宮、すなわち斎院に入る。これを「二度の御禊」といい、この時斎院は輿に乗り、勅使には大納言及び中納言が二人、以下多くの人が供奉することになっている。こうして四月中旬の酉の日、すなわち賀茂の祭の日、斎院は初めて賀茂神社に参り祭事に従うことになる。都の年中行事の中でも華やかなこの祭の行列は、壮観目を奪うもので、上は上皇女院から下は匹夫野人まで、京中の貴賤男女が先を争って見物した。行列の順路には、両側に桟敷を構え、物見車は路上にあふれ、容易に往来することができず、よく車争いがあった。

内親王が斎院として祭を主催したのは、応保元年のことで、八、九歳であった。幼いながらも、どんなにその役目は誇り高かったであろうか。しかし五、六歳にして家族から引き離され、おごそかな儀式を伴う長期の潔斎や、掟にのっとってなされる教育は、相当厳しかったと考えられる。名実備わった祭祀者となるべく、心の持ち方から立居振舞の端々にまで、教育係の目が光っていたことであろう。皇室の神聖さを形造る核として、男性の天皇にも匹敵するのが斎院である。この最高の女性であることの誇らしさ、華やかさは、思えば、孤独な中になされる鍛練によってしか獲得できないものなのであった。幼い式子内親王の毎日は、忍従そのものであり、その自我は日増しに強化されていったに違いない。

「斎院」というものに対する一般の認識はどのようなものだったのだろう。『源氏物語』の葵の巻に、桐壺帝の女三宮が卜定される条があるが、「帝后、いとことに思ひきこえたまへる宮なれば、筋ことになりたまふをいと苦しうおぼしたれど」とあって、未婚のままでいつまで続くとも知れぬ神への奉仕者になることへの両親の苦悩が記されている。また次代の斎院は、あの朝顔の姫君であるが、思いを寄せる光源氏をして、「かう筋ことになりたまひぬれば口惜しくおぼす」と嘆かせている。その後も、野の宮に入った朝顔を訪問し、かつてのお顔を想像して、「まして朝顔もねびまさりたまへらむかしと思ひやるもただならず、恐ろしや」と感じる。神に仕える斎院は男女の愛の圏外にある特別な存在であり、その人に懸想することさえがすでに「恐れ」なのである。朝顔は、あまり相手に気まずさを感じさせてもと、四季折々のお返事だけを差し上げるのだが、作者の批評は「少しあいなきことなりかし」と厳しい。斎院という身分では、男の手紙に返事をするのはよくないというのである。そして、斎院を退下した後も、源氏を拒み続けた数少ない女性として描かれる。このように、人間らしさや女らしさを自ら押し殺して、いかなる権威や愛情にも崩れることのない高貴さを持ち続ける女性、それが「斎院」なのである。朝顔の姫君は「斎院」の典型として創作されたものであり、式子内親王にも、このような傾向が顕著であったと思われる。

斎宮・斎院の職能

内親王が斎院時代を回想した歌には、この時代への限りないなつかしさがこめられている。その理由として、研究者は、その後の不幸な生活を指摘する。馬場あき子氏、奥村晃作氏などがそうである。また『王朝女流文学史』で清水文雄氏は、神に仕えるという制約はあっても華やかな存在であること、ここだけが残された王朝文学伝承の場であったこと、乱世の現実から離れたやすらぎの場であったことなどを挙げている。

いずれも深い考察であるが、私は、「斎院」という仕事を「華やかさ」だけで捉え、その場所を「安らぎ」だけで捉えることには問題があるように思う。「斎院」というのは、皇室の神聖さを保つ中心的な役割を負う職であり、男性の天皇に匹敵するほどの尊厳さを持つ身分なのである。その誇らしい過去へのなつかしさではないだろうか。そしてその職になりきるべく鍊磨された、張りのある若き日への純粋ななつかしさも、こめられているのではなかろうか。

斎院よりも古い歴史を持つのが伊勢神宮に奉仕する斎宮である。その斎宮が選定されるようになったいきさつについては、堀一郎氏の『日本のシャーマニズム』にその説明がある。その要点を拾う。

『日本書紀』崇神天皇の条に「是より先、天照大神倭大国魂の二神を天皇の大殿の内に並び祭る。然れども、神の勢を畏れて豊鍬入姫命に託けまつりて倭笠縫邑に祭る」と見え、次の垂仁天皇の御代には、天照大神を豊鍬入姫命より離ちまつりて、倭姫命に託け、姫は大神に誨えられて、その誨えのままに鎮座の処を求めて伊勢に至った。また、同じ書記の一書には、「天皇、倭姫命をもつて御杖として天照大神に貢奉たまふ」ともある。これらの記事の表現からすると、この姫命たちは、天皇が同床共殿を不安とするほど霊威のある神霊を現身により託け、神の誨えを感得して、その御杖として行動する能力を身につけた女性である。単に天皇の名代としての女神主という意味以上の資質を備えていなければならなかった。そして、斎宮の霊威力・呪術力は、古代大和朝廷の統治力と深いかかわりを持っていた。しかし、次第に天皇への権力と権威の集中が意図されるようになり、やがて天皇が天皇たる資性獲得の秘儀を生んだ。すなわち即位大嘗祭における鎮魂、新嘗、神楽とつづく一連の秘儀であり、それは年ごとの新嘗祭において、小規模にくり返されて、天皇の稜威《いつ》、すなわちカリスマ（神がある特定の人間に与えた超自然的な能力）更新の儀礼となった。平安時代には、幼帝が相ついで擁立され、斎宮も全く制度化され、形式化されてしまって、もはや政治的にも宗教的にも何らかのカリスマ的資質を必要としなくなった。しかも天皇の毎日の最も重要な任務は、清涼殿の東南隅に設けられた石灰壇の南の中央に着御、伊勢神宮の方に向かって祈禱を行なうことであったと言われている。つまりこの石灰壇の御拝という日課こそ、象徴的元首としての天皇の統治呪力の基礎と考えられたのであり、したがって神宮に奉仕する最高の女神職としての斎宮の呪的任務の相関的原理は、いぜん保存されていたといえる。そして、中世宮廷が疲弊の極、即位大嘗祭を行ないえなかった天皇を「半帝」と呼んだ。以上が堀氏の説明である。

一方、斎院が卜定されるようになったのは、嵯峨天皇と平城天皇の御仲が悪く、その祈願のためだと、『賀茂斎院記』にある。が、伊勢・賀茂両社に神の御杖代が用意されたのは、やはりそれだけ神の力を頼まねばならない、時代の要求があったのであろう。斎宮の職能がやや形式化したという平安時代から、天皇のカリスマが失われるとともに廃止されるに至る鎌倉時代末までの経過をたどるとき、同じ職能の斎院の場合も同様の歴史が考えられる。したがって、式子内親王の時代の斎院に、古代のような神の憑依があったとは言い難い。しかし、その精神は維持されていて、「神の嫁」として仕え、荒ぶる神々の心をやわらげ、お告げを感得して一般に伝えることによって、国家の治安に寄与するという仕事が中心になっていたであろうことは想像できる。内親王は、まさに、この純粋な系列に位置する女性であったと思われる。

精神世界の展開としての百首歌

『式子内親王集』は、三つの百首歌と、「勅撰に入ると雖も家集に見えざる歌」から成っている。折口信夫氏は、その論文「新古今前後」に、「内親王の御集は、わりに凡庸な人の手に成つたらしい。其で、御集と勅撰集と双方照し合せて観ねば、内親王の御歌の本道といふものは出てこない」としているが、もしかしたら、編者はこの百首歌という形式にこそ、内親王の特徴を認めていたのかもしれない。常に百首歌に召されるのは、少数精鋭の歌人であるが、その一人として、短期間で精神を集中して詠んで奉るのは、彼女の得意な場面でなかったろうか。

なぜならば、斎院という職は、何よりも神への没入が要求されるものであるからである。幼女から少女そして女性へと成長した十一年間の斎院生活において、内親王は、現代人からすれば驚くべき単純さで、それだけに強い自己統制力を持って、ひたすら神に仕えていたと思われる。そして一旦この統制力が文学的な対象に向けられた時には、誰もが及ばないような凝視による特異な把握がなされることが考えられる。その上、自己統制力はだれよりも長く持続するべく鍛練がなされていたはずなのである。だから、百首歌は内親王にとって恰好の文学形態であったと思われる。

また、文学を創造するための想像力のもとになるインスピレーションは、一種の「勘」である。平凡社の『心理学辞典』には、「勘」と関連したことばとして　1直覚　2第六感　3虫の知らせ　4無意識あるいは下意識　5いわゆる練習の機械化　6技神に入るの妙　7神俫・霊感　8悟り・禅・三昧　9以心伝心　10手加減・こつ・呼吸・手心などが挙げられている。これらの項目を見ると、内親王の宗教的な生活が、どんなに文学面のプラスになったかを伺い知ることができよう。

百首歌というのは、題詠の連続のようなものである。成立順にA・B・Cと便宜的に呼んでおく。内親王の三つの百首歌の部立も、他のものとほぼ同じであるからその域を出ない。しかし、内親王の精神世界の展開であり、彼女のモノローグであることには変わりはない。百首の歌の流れを追うと、緊張と弛緩とのゆるやかな波が認められる。

緊張した部分には、男性的な張りつめた調子がある。これはまた、この時代の主流をなす調子でもあった。折口信夫氏は、「暁のゆふつけ鳥ぞあはれなる長きねぶりを思ふ枕に」を挙げて、「上句など調子がしっかりして居る。後鳥羽院や後村上院、或はもっと前の崇徳院の御製の中にお入れ申しても訣らない。つまり至尊風の歌柄を持って居られるのである」と述べているが、このような歌が緊張した部分に属している。内親王の「晴」の歌、表向きの歌と言える。神を祭祀することにおいて天皇と並びうる最高の女性である斎院、その斎院として育て上げられてきた心の高さが表われ出た歌である。

花はいさそこはかとなく見渡せば霞ぞかほる春のあけぼの　「百首歌A　春」

は、その代表的なもので、後鳥羽上皇の「みよし野の高嶺のさくら散りにけり嵐もしろき春のあけぼの」と似通った趣きを持っている。新古今的な調子でもあり、いわゆる「長高《たけ》き歌」であって、崇高で堂々としている。修辞上から言えば、初句切れ、体言止めの形がとられる。このような調子のものには、正面から歌に挑もうとする意気込みが見られる。そして、この調子が最も高く結晶したものが、

山深み春とも知らぬ松の戸にたえだえかかる雪の玉水　「百首歌C　春」

であると思うが、この歌については後に触れる。この種の歌の緊張は快いものがあるのだが、一方、個性というものは幾分表出されにくくなるのではなかろうか。初句切れ、体言止めに加えて、本歌取り、掛詞、縁語、反語、強調などの表現が多く、構えた姿勢がすべてを律している。

これに対して、弛緩した部分には、数をこなすための歌や、季節の推移をつなぐための低い次元のものも見られる。しかし、この部分のゆるやかな詠嘆に内親王の素顔を見る思いがするのは私のみであろうか。そしてこの思いは、百首歌の「雑」の部分に強く感じられる。「四季」や「恋」には、どうしても作品として構成しようとする姿勢が強く見られる。と同時に、これまでの秀歌と競おうとする意識がある。「雑」には、ある程度の内容の自由が許されるのであろうか。身辺雑詠的な感じでとらえられる。

特長的な「ながめ」の姿勢

内親王の百首歌の弛緩した部分。ある時は溜息のように、ある時はつぶやきにも似て、さりげなく言い出された歌、それは「晴」の歌に対して、「褻《け》」の歌と言うことができる。私が内親王を人間としてなつかしく思い、ひとりの女性として同感するのは、むしろこの種の歌に多い。そして、その圧巻は、

花は散りてその色となくながむればむなしき空に春雨ぞ降る　「百首歌C　春」

であると思う。内向的で、常に一点に凝縮しているような彼女の心が、ほっと吐息をついて、鎧わないそのままの姿を現わす。その時に出てくるのが、「ながめ」の姿勢である。御集三百七十三首（重複四首）と、古典文学大系に付記された二十二首中の、ほぼ八％を占める三十一首に「ながめ」の語が用いられていて、この姿勢は四季を問わないのだが、特に春の季節感はこのことばにマッチして、ある情緒をまつわりつかせている。今、「ながめ」の姿勢に関連した歌を時代を追って「春」の中から抜き出して、内親王の心の流れをたどってみよう。

初期の作品（十代から二十代）として確認できるのは、『千載集』所収の九首である。その頃からすでにこの姿勢は現れている。

ながむれば思ひやるべきかたぞなき春のかぎりの夕暮の空

若々しいなまの詠嘆が、「思ひやるべきかたぞなき」という表現になっている。このひたむきな、やや緊張したものが、百首歌Aになると次第に沈静していく。歌としても洗練されてくる。

百首歌Aというのは、「前小斎院御百首」と表題がある、御集の最初に掲載されているものである。斎院在任中又は退下後の早い時期、十代半ばから十代後半の作というのがほぼ定説となっているが、「又」という語で次の百首歌Bと連なる点から、Bと同じく四十一歳頃の作とする奥村晃作説もある。

春ぞかし思ふばかりに打霞みめぐむ木ずゑぞ詠められけり

はかなくてすぎにし方を数ふれば花に物思ふ春ぞ経にける

一首目はまず春のものとして霞が立つ、「思ふばかりに」——心ゆくまで霞む四方の梢。それにつけても心ゆくまで詠められてしまう自分の姿をしみじみと捉えている。二首目の「はかなし」は、「戦乱の時代の受身の生き方」で触れた、彼女の生の基調をなす語である。「花に物思ふ春」を経て齢《よわい》を重ねたという感慨は、秒刻みに進行する現代の時間から考えると、全く現実ばなれした悠長さである。しかし、そこに却って、あらゆる夾雑物を取り除いた、ひとりの女性の優美な人生が語られているように思う。花が咲くのを待ちこがれ、花のある日々には、風にも雨にもしずごころなく過ごし、散ればその余韻を味わいながらながめ暮らす。それは実にやさしい情感に彩られた歳月である。「もののあはれ」を知るためにこそ生きた平安貴族の心が脈々と流れ込んでいるのを感じる。蕪村にも、「遅き日のつもりて遠き昔かな」があり、これにはやや濃厚なロマンが感じられる。内親王の歌のロマンは、寂しさの中にあるかすかな華やぎとして感じられる。この歌にも、「ながめ」のことばこそはないが、その姿勢が顕著に感じられる。内親王の感慨が、ふと口をついて出たように思われるのである。

百首歌Bは「又」という語でAから続くものであることは前述した。奥書に「建久五年五月二日」の日付があり、四十一歳の頃の作というのが定説である。

霞とも花ともいはじ春の色むなしき空にまづしるきかな

帰る雁過ぎぬる空に雲消えていかにながめん春の行くかた

くれて行く春ののこりをながむれば霞の奥に有明の月

「むなしき空」は彼女の心のキャンバスであろう。「ながめ」はしみじみとした気持ちで物を見ることであり、心情がまわりの風景に漠然と融合した状態である。そして、このしみじみとした視野に捉えられる多くは、季節のかすかな推移であった。むなしい水色のキャンバスに、あるかなきかに滲み出てくる春の訪れであり、あるかなきかに留まっている春の名残である。ついに出家を決意せねばならなかったこの時期のむなしい心に、それらはわずかながら慰めを感じさせ、彼女の余生のかすかな華やぎともなっているように思われる。

「ながめ」の歌の最高作

御集所収三番目の百首歌Cは、正治二年（一二〇〇）、後鳥羽院の召した「院初度百首歌」に提出された作品で、死の半年ほど前、四十七歳頃の成立というのが定説である。三つの百首歌中最も完成された作である。

花は散りてその色となくながむればむなしき空に春雨ぞ降る

この歌こそは、「ながめ」の姿勢で詠まれた最高の作である。「花は散りて」と、わざわざ初句を字余りにしてさりげなく詠嘆を深めながら歌い出す。「その色となく」は、「何と特定のものということもなく」という意味で、「色」と言ったのは、「花」の縁語としてであろう。この歌に至ると、むなしい空、すなわちむなしい心に映る花の色はもうない。ただ面影として、思いの中に呼び寄せようとするばかりである。しみじみと肩を落としてながめる眼は、人生の果てをも見てしまっているようである。しかし、その果ても、たどきなきまでにやわらかい春雨に閉ざされている。

内親王の歌の師は藤原俊成である。建久八年（一一九七）に、彼女は『古来風躰抄』という歌論書を奉るように命じているが、すべてが完成したのは、正治二年（一二〇〇）、彼女の死後数ヶ月経てからであったのは、残念なことだっただろう。内容は、記紀万葉をはじめ、古今から千載までの秀歌を挙げ、幽玄という美の理念を描いている。ここにも内親王の衰えることのない歌への執念が伺える。その師俊成の作に、この歌と非常に似通ったものがある。

雨の降る日、女につかはしける

思ひ余りそなたの空をながむれば霞を分けて春雨ぞ降る　『新古今　恋』

恋しさのあまり、恋人の家の方の空を見ると、そなたの空はかすんでいてよく見えない。霞の間からただ細い春雨が降るばかりである——というこの歌は、恋する人のひたむきさと、「霞を分けて」という特異な感覚がある。むしろ詠嘆の質は、内親王の初期の作、「ながむれば思ひやるべきかたぞなき春のかぎりの夕暮れの空」に似ている。この歌は『千載集』にも選ばれている。『千載集』は俊成自身が撰集したものであるから、彼好みの歌であったとも言える。内親王が俊成から学んだのは、雑多な夾雑物をとり除いた、単純化された歌体で、どの歌も非常に解釈しやすいのが長所である。しかし、年を加えるにしたがい、思いの深さは増し、その師が及ばない境地に到達している。「花は散りて」も、実に素直に詠まれながら、読めば読むほど深みが増してくる歌である。

老齢の内親王が求めた面影の花は、越知保夫氏が『好色と花』で言う、「具体的な現実の花ではない。それは現実ではなく、現実の上に咲き出ているもの、現実としては存在しえないもの、非現実の象徴である」という花なのであろうか。その花も散り、花を危うく見失わんとしながらも、死の最後まで追い求めずにはいられなかったのが内親王の姿であったろう。越知氏はまた、「花にこがれる心はすなわち好色の心でもある」とする。そして、「好色漢とは、同じものを飽きることなく求め続ける人間である」というジュリアン・グリーンのことばを引用しながら、王朝時代の「好色」は、「充足されない、又充足されてはならぬ、久遠の渇きの中にとどまろうとする」情熱愛であると説明している。内親王にもその典型的な姿がある。

夢のうちも移ろふ花に風吹きてしづ心なき春のうたたね

同じ百首歌Cにあるこの歌は表面の意識の裏にある夢の世界をすら侵してくる現実の風が、花をいやが上にも早く散らして、うたたねをより浅い落着かないものとしていくという内容である。「しづ心なく花の散るらん」という古今の伝統が、脈々と流れこむこの時代の人の意識の中核に、いつも「花」はある。現実世界は、「花は散りて」あとかたもないむなしさでありながら、それよりも数千倍も、いやもっと大きい潜在意識の世界は、風に舞う華麗な花びらによって支えられている。

最後に、内親王は生前の自分の姿を「ながめ」の姿勢で捉えていることを付記しておこう。

ながめつる今日は昔になりぬとも軒端の梅は我を忘るな

恋歌は忍ぶ恋

玉の緒よ絶えなば絶えねながらへば忍ぶることの弱りもぞする　　『新古今　恋』

内親王の歌に最初に接したのはこの歌で、百人一首で遊ぶのを覚えた小学三年の頃から、意味はわからぬながら心魅かれて、お得意札としていた。しかも、私のカルタのこの読み札の絵姿は、他の姫君のとは異なり、几帳を背にした後姿であった。だれの筆になるものか、おそらく古い時代の絵姿から写されたものなのであろうが、描いた人に何か意図があったのだろうか。神に仕えた恐れ多い女性であったからか、はたまたその生涯が帳の奥にあるように捉えにくいものであるからか、とにかく、内親王と呼ばれる高貴な方の、隠されている顔に空想がかきたてられた。

その恋の相手については、特にこの歌が有名であり実感がこもっているだけに、様々に考証されようとするのだが、真相はいまだ現れ出ない。最もよく擬せられるのは藤原定家である。彼は十歳年下ではあるが、その日記『明月記』に、内親王邸へのしばしばの訪問や、内親王の病状のくわしい推移を記したりしている。その点から見て、相当な関心を持っていたことは確かである。が、この関心は、内親王が定家に勢力を付与していたためとする折口氏の考え方などもある。高倉帝の三宮（後鳥羽上皇御兄）惟明親王も、内親王との贈答歌が多いところから擬せられるひとりであるが、二十五歳年下でもあり、親しい縁者という線が妥当であろうか。

この歌は、初句切れ、二句切れと、忍ぶ恋の切なさに息切れしながら、「……もぞする」と消え入りそうなつぶやきとなって終止する。内的リズムと外的リズムとの完全なる合致がある。音の構成を分析すると、さらに音楽的な完璧さに思い至る。「たまのをよたえなばたえね」と「タ」の弾力的な頭韻によって力強く言い起こしながら、やわらかいナ行音を織りなしてゆく。「たまのをよたえなばたえねながらへばしのぶる」と言ったふうに。そして下の句に至ると、もっとなめらかなラ行音に、弱く息づかいだけが、聞こえるハ行音、さびしくかそかなサ行音をないまぜて、吐息のようなものを響かせる。何げなく読むと、自分の心情をごく自然に口にのせたように受けとれるが、相当緻密に計算された技巧によって作り上げられた歌ではなかろうか。これは縁語の面からも言える。「緒」の縁語がわずらわしいほど続いて出る。「絶え」「ながらへ」「弱り」がそうである。この歌は百首歌C所収のものである。ここには、多くの習作によって磨き上げられた最高の表現技術が見られる。頭韻、序詞、縁語、掛詞、本歌取りが駆使され、句切れも実に自在である。

詠まれた心情「忍ぶ恋」は、内親王の特徴的な恋の姿である。御集所収の「恋」の歌のほとんどが、忍ぶ恋であり、片思いである。参考として、『新古今』の「恋」の内容を見ると、ほぼ同じ傾向をとっている。巻十一から十五まで五巻の配列は、恋の進行順になっており、初恋、忍ぶ恋、久しい恋から、会って後の悩み、そして捨てられた恋となる。内親王の百首歌の内容は、恋の初めから、会えない恋、知られぬ恋、忍ぶ恋などとなり、それが次第に高められてひそかに思いつめていく。果ては堪えかねて恋に死ぬという、情熱の高まる過程として配列されている。まれに相手の変心が添えられるが、読み通して気づくことは、相手に逢わんとする思いが希薄であることである。

これはやはり、斎院という異性と隔絶された青春を出発点として、退下後も男性との現実的な出会いや結婚を経験することがなく出家してしまった生涯からくるものであろうか。また、この時代における恋は、「もののあはれ」を知りつくす最高のものであり、充たされることがない思いこそ、その極みであったからなのだろうか。とにかく、外に向かってほとばしることのない内親王の情熱は、それだけに余計激しく燃え、時に「叫び」としてすら感じられるのである。「恋」の歌に多い、反語、命令、強調、そして上段から振りかぶってくるような初句切れの姿勢には、感情ばかりが先行して、意外に内容が伴わない感がある。叫ぶけれど空しいのである。

三つの百首歌の分析

御集所収の三つの百首歌は、読み通したあとの印象がわずかではあるが異なって感じられる。その原因はどこにあるのだろうか。句切れや修辞について分析してみることにした。左記の分析表により、次の傾向が読み取れる。

内容／百首歌	句切れなしの歌数（体言止め）	句切れの種類	体言止め	本歌取り	序詞・枕詞縁語・掛詞
A	四十五首（二十四％）	Bと似る 三句切れが多い	Bとほぼ同数	Bとほぼ同数	二十二％
B	五十五首（二十九％）	Aと似る 三句切れが多い	Aとほぼ同数	Aとほぼ同数	やや少ない 十八％
C	四十四首（四十三％）	三句切れはA・Bより少なく四句切れが増加	十首A・Bより増加	十首A・Bより増加	二十五％序詞が増加

結論に入ろう。百首歌AとBとは、非常によく似ている。句切れの傾向、体言止めの数、修辞の傾向などにおいて。しかし、Bを読み通した時に微妙に感じ取られる詠嘆のゆるやかさは、どこに原因するのであろうか。それは句切れのない歌の多さにあると思う。Aよりも十％その数は多い。一方、本歌取り、漢詩取り、類歌などの合計数もAより十％少なく、やや平易に詠まれている感じである。このような傾向の歌は、前項「特長的な『ながめ』の姿勢」で触れた、弛緩した歌の部類に属するものがほとんどであり、成功した時には、実にしなやかでやさしいものとなる。しかし、流れてしまって訴える力に欠けた歌になる危険をも、多くはらん

でいるのである。

百首歌Aは、一読して、若々しい感覚や、未熟ではあっても思い切った捉え方、大胆な表現が目立ち、迫力がある。さらに修辞の上からも、古典を積極的に取り入れようとする意欲がよく出ている。緊張の度合いも、Cと似た感じで快い。

百首歌Bがやや弛緩気味であることは、その成立年代と合わせて考えるべきであろう。Aに続けてほとんど同じ時期に作られたとする説に従えば、Aの創作後の意欲の衰えや、モチーフの涸渇などが考えられるであろう。Aよりも二十年後の作であるとする定説によれば、「戦乱時代の受け身の生き方」で取り上げたが、出家を中心とするこの時期が、最も不遇で余裕のない時代であったことが、原因として考えられはしないであろうか。Bの中でも、句切れなしの歌が多いのは、「恋」「雑」であり、これらの歌はほとんどが体言止めではない。ゆるやかに詠嘆する止め方になっている。これはAの「恋」「雑」も同様であるが、Bの方が数の上からも、止めている単語からも顕著に感じられる。

百首歌Cは、晩年のものであるだけに、さすがに新古今風である。体言止め、本歌取りの決定的な増加がそれをはっきり裏付けている。しかし、句切れにおいては、新古今風と一応言われる初句切れ、三句切れと同時に、二句切れも相当数あり、さらに四句切れは、A・Bの二倍以上に伸びている。このことは、『万葉集』にはじまり『新古今集』に至る幅広い歌風の研究に支えられた内親王独自の歌風の確立と見ることが出来よう。また、どんな句切れをも自在にこなせるようになった老練さとも理解できよう。特にCにおいて注目すべきは、句切れを用いないまま体言で止めた歌の多さである。それは句切れなしの歌四十四首中の四十三%をも占めており、A・Bよりも二十%近い増加である。この形式は、最終に置かれた体言に、上句のすべてのことばが集約される。まさに緊張した形である。この形はまた、最も新古今的な形でもあるのだが、百首歌Cの特徴をよく表わす歌体と言えよう。中でも完璧に近いのは次項冒頭にあげる一首である。

きらめく感動の結晶——体言止めですべてを受ける歌

山深み春とも知らぬ松の戸にたえだえかかる雪の玉水

技巧らしいものは何もない。しかしすべてのことばは、あるべき場所に過不足なくあって、少しの弛みも見せず最終の「雪の玉水」に掛かっていく。焦点はこの「雪の玉水」であり、ここで急速に止められたこの歌は、そのあとの余白にくっきりと感動を残す。これほど余白が美しく感じられる歌は少ない。

上の句から読みとっていくと、「山の深いこの場所は、暦の上の春は立っても春を思わせる何物もない」と、情景を大づかみに述べながら、次第に焦点を絞って来る。松の戸——山の庵の松の小枝などを組み合わせて作った粗末な戸——が読者の眼前に近寄って来、そこに、春の日差しを受けて玉のように輝きつつ落ちる雪解けのしずくがクローズアップされてくる。その雪の玉水がどこから落ちてくるものかは、全く記されていない。彼女は自分が発見した美の世界をひたすら追求しようとする。実に視覚的に鮮明な情景である。だから、そのあとの余白が生きてくるわけだ。

しかも、同時に私がこの歌から感じとるのは、至って音楽的な感動なのである。「やまふかみはるともしらぬまつのとに」と、明るく豊かなア段音をひびかせながら、目に見えない所にゆるやかに進んで来ている春を思わせる。その春はやがて形を現わす。心を留めて見ないと分からないような雪の玉水に。「ポタリ」と落ち、久しく間を置いて、また落ちる。そしてその間隔は徐々に速まってくる。下の句にもア段音の流れは続くが、「たえだえかかるゆきのたまみづ」という「タ」の頭韻が、スタッカートのように目立ってきて、実にリズミカルな楽を奏でつつ体言で止められる。そのあとの何拍かの休止符に、内親王の、春を待ちとる心の躍動が堰を切ったようにほとばしり出てくる。

句切れを用いないまま体言で止める歌は、『新古今集』において完成された歌体であり、内親王が至り着いた歌体でもあるが、視覚的にも聴覚的にも、これほど完璧に最終の体言に向かって結晶した歌は少ないと思う。

たえだえに軒の玉水をとづれて慰めがたき春のふるさと

百首歌Bにあるこの歌は、「山深み」に至るための習作であろうか。この歌も、句切れを用いないまま体言で止めた歌ではあるが、「をとづれて」のあとにあるゆるやかな「間」に気付く。続いて、「慰めがたき」という語が来て、はっきりとある姿勢を印象づける。ものうく軒の玉水に見入っている「ながめ」の姿勢である。ところがその後数年の間に「慰めがたき」という主観語は姿を消し、「山深み」の澄み切った静かな観照に至り着く。この歌境にたどり着くまでには、どんなに忍耐づよく人生に付き合い、また、どんなに忍耐づよく歌の表現技巧と取り組んで来たであろうか。

「夕」の頭韻などと、私は取り立てて分析するが、おそらく内親王は無意識のうちにこのような語の斡旋をしたのではないかと思う。「玉の緒」「玉水」など、「玉」という語の明るく清澄な語感、「たえだえ」のあえかな語感は、内親王の好んだもので、御集にもよく用いられる口なれたことばである。頭韻の技巧も初期の作から目立ってよく使われている。要するにこの歌は、使いなれたことばで、何げなくさらりと歌われている。「玉の緒よ」の歌と、この点で対照的であるように思われる。

当時有数の歌人であった内親王の生活は、歌わんとする内容にぴったりくることばを捜す明け暮れであり、一つのことばを得ればまた逆に、歌わんとする内容を確かめる毎日でもあっただろう。意識の世界ばかりでなく無意識の世界にまで浸透してくることばとの葛藤、その連続の歳月があり、とある日、何げなく口をついて出てきた歌に、その人が至り着いた最高の境地が現れ出るものなのであろう。そしてこのような歌は意味的に非常に明快である。読む人すべてを感動させる。短歌は、一瞬のきらめく感動をそのまま時の流れからすくい取って、結晶させたものである。この歌はまさにその典型で、『新古今集』の巻頭三首目を飾るにふさわしい。

漢詩文に溶かした時間の音楽

内親王の緊張した歌、声調が張ってすっきりしている「晴」の歌を読む時、漢詩文と万葉集の影響に気づく。前項で掲げた「山深み春とも知らぬ松の戸にたえだえかかる雪の玉水」には、山・春・松・戸・雪・玉水と、体言が六個も含まれている。

体言というのは事物を名付けた品詞であり、用言のように活用がないだけに、物の概念を明確に提示する語である。このような概念語が連なり、しかも概念語で終止するこの歌には、漢詩を読んだあとに残るような澄んだ声調と、きっかりした印象がある。もちろんこの感じは彼女個人の歌に限るわけではない。『千載集』から『新古今集』時代の多くの名歌からも感じられるものであるのだが、『古今集』において一応完成を見た表現と美意識は、長く和歌の世界における典型となり、そこに低迷したまま、後撰、拾遺、後拾遺、金葉、詞花集と、世に言う八代集は続いていく。ここに新風を吹き込むためには、他国のすぐれた文学が必要である。明治以後には西欧文学がその役割を果たしたように、この時代には中国文学がそれを荷なう。「山深み」の歌にも、『白氏文集』の「陵園妾」の「松門到暁月徘徊」を出典として挙げる人がある。これは罪に陥し入れられ御陵の番人として幽閉された官女の悲運を哀れんだ詩なので、例の陰謀事件に巻き込まれ追放されそうになった自身の心境もよそえられたとするものである。心情までの当否はともかく、漢詩的な内容と表現と声調とが摂取されている点については誰も否定できないだろう。

前項の「三つの百首歌の分析」の分析表には三つの百首歌における漢詩を下敷きにした歌数を三と数えたが、それ以外の家集所収の歌の中にもあり、この方面の研究は進行中で、新たな発見も幾つかあるようである。当時愛誦されたものに、『白氏文集』の「上陽白髪人」の詩がある。楊貴妃の妬みにより上陽宮に閉じこめられた玄宗皇帝の妃の一人が、一生そこに埋もれてしまう話で、「秋夜長　夜長無眠天不明　耿耿残燈背壁影　粛粛暗雨打窓声」とある。これに基づいた同時代の歌を比較すると非常に興味深いものがある。

A　くらきよの窓うつあめにおどろけばのきばのまつに秋かぜぞふく
藤原良経『秋篠月清集上　秋』

B　秋のよはまどうつあめにあけやらで雲井のかりのこゑぞすぎぬる
藤原家隆『壬二集　守覚法親王家五十首』

C　くらき雨の窓うつ音にねざめして人のおもひを思ひこそやれ
『建礼門院右京大夫集』

D　秋の夜の静かにくらき窓の雨打ち歎かれてひましらむなり
「百首歌B　秋」

傍線部は原詩の表現である。新古今の代表歌人のAとBとは、原詩の表現のあとに身にしみるような客観的な情景を付けている。対するにCとDとの女流は、心情的なものを取り合わせている。右京大夫は、建礼門院徳子（清盛の娘で、高倉帝の中宮、安徳帝の母）に仕えた女房であり、安徳帝の叔母にあたる内親王とは関係も深い。この歌は子を失った平親長への哀悼の意の贈歌なので、心情を率直に積極的に表現している。これに比して内親王の作は、原詩の「粛粛」——雨が降ったり風が吹いたりして、はだ寒く寂しさを感じる様子——を「静かに」と客観的な語に置き直しながらその気分を取り込んでいる。さらに「打ち歎かれて」と強い感情を自発の助動詞「れ」を用いてうち沈んだ内面的な物思いとして深め、それに「ひましらむなり」と、時間的経過を加えている。細かく見ると、「打」には雨が打つという動詞と、「歎く」を強める接頭語との意味が掛けてあって技巧的である。私は内親王の歌の魅力の根元にあるものとして「時間性」を考えている。印象的な空間を創造し、そこに時間の音楽を響かせること——これこそ誰にも見られない彼女の歌の純粋さではないだろうか。印象的空間とは、漢詩や万葉集などに啓発された客観描写の世界であり、時間の音楽は感情や情緒を溶かし込んだ世界であると言えよう。

後鳥羽院は、内親王を高く評価したひとりで、「斎院はことにもみもみとあるやうに詠まれき」と述べた。「もみもみと」というのは「和歌で、こまやかに修辞を工夫し委曲を尽して表現する様」の形容であり、技巧をこらすこととは切り離せないが、そこに表現されるのは複雑な心の陰影、その響きであったように私には感じられるのである。

漢詩文による詩想の刺激

新古今時代の専門的な歌人達は、詩想を刺激するために相当数の草子や歌集を読んでいる。本歌取りによる余情の世界の構築にも必要であろうし、百首歌を詠んで奉る場合などは、特に短期間に多くの歌を作らねばならず、実感だけでは処理がむずかしかったであろう。

「千五百番歌合」に後鳥羽院が推挙した俊成女と宮内卿の歌の案じ方を、鴨長明が歌論書『無名抄』に記している。俊成女は「もろもろの集どもを繰り返しよくよく見て、思ふばかり見をはりぬれば皆とりおきて、火かすかにともし人音なくしてぞ案ぜられける」と記し、宮内卿を「始めより終りまで草子巻子とりひろげて切燈台に火近々とともしつつ、かつがつ書き付け、夜も昼も怠らずなん案じける」と対照している。宮内卿は当時十五、六歳であり、その若さとひたむきさが短い描写に躍如としているのに対し、俊成女の方は三十歳を越えていて、相当古典の下地もあり、それを読みこなした上自分の気分を大切にしながら作歌している感がある。同時代の内親王の場合はどちらかと言えば俊成女的な案じ方であったろうと思う。そして彼女が座右に置いた作品には、その師藤原俊成が推賞した、『古今集』、『万葉集』、『源氏物語』が当然考えられるが、私は『和漢朗詠集』もまた手離せぬものであったと思う。

『朗詠集』は道長の従兄で「三船の才（和歌・漢詩・音楽の才）」を兼備している藤原公任の撰になる漢詩と和歌のアンソロジーである。題名にある通り朗詠に適した作を収録したもので、上巻は季節の推移順に素材別に並べてあり、下巻は、天象・地理・人事・場所などの素材別に並べてある。ちょっと『俳諧歳時記』のような体裁である。新古今時代に盛んに行われた詩歌合わせもこの『朗詠集』の影響があると指摘されており、平安中期の撰集以来長く流行している。漢詩の秀句断章の抜粋は漢文の入門書として最適であるし、漢詩の漢字と和歌のかなの両字体があることから習字教育の教科書の効用も持ちはじめ、貴族の教養として浸透した。周知のように平安貴族の男性たちには漢文の素養は必須であり、日記も漢文で書くべきものであったが、女性の場合、漢字の読み書きはタブーである。漢字を書き崩した仮名を用いるのが普通であった。しかし一部の女性達はひそかに漢文を学んでいた。環境に恵まれた漢学者の娘達、紫式部・清少納言・赤染衛門らがそれである。彼女らはやがて貴族の娘達の教育係として召し出される。天皇の妃になるべきその娘に教える数々の中に漢文はあった。紫式部はその日記に、中宮彰子のために白楽天の「新楽府」を講義したことを記している。后達には、さらに史書の勉強も必要だったという。また、調度品である屏風にも、唐絵のには漢詩、大和絵のには和歌が色紙形に書いて貼られる習慣もあり、貴族の女性達は相当漢詩文の教養を身に付けていたようである。

特に好まれたのが、前項にも取りあげている白楽天のものである。『朗詠集』に収録された漢詩は百九十五であるが、うち白楽天の詩は百三十五を占める。内親王の百首歌を読んでいくと、この『朗詠集』の漢詩からは勿論のこと、並べられた和歌からも相当の着想が得られている。特に上巻などは季節順の配列であり、同じ配列の百首歌の作歌には欠かせないものであったろう。これらの関係の研究はまだこれからである。これまで項で取り上げていない、『朗詠集』の漢詩を下敷きとした歌を掲げる。

窓近き竹の葉すさぶ風の音にいとどみじかきうたたねの夢　『新古今　夏』

白楽天　風生竹夜窓間臥　『上巻　夏夜』

千たび打つきぬたの音に夢さめて物思ふ袖の露ぞくだくる　『新古今　秋』

白楽天　八月九月正長夜　千声万声無了時　『下巻　擣衣』

しづかなる草の庵の雨の夜をとふ人あらばあはれとや見む　「百首歌A　雑」

白楽天　蘭省花時錦帳下　廬山雨夜草庵中　『下巻　山家』

幾とせのいく萬代か君が代に雪月花の友を待ち見む　「百首歌C　祝」

白楽天　雪月花時最憶君　『下巻　交友』

「うたたね」と「夢」にある真実

窓近き竹の葉すさぶ風の音にいとどみじかきうたたねの夢　『新古今　夏』

「風の竹に生《な》る夜窓間に臥す」という白楽天の詩から想を得たこの一首は、やはり七つの体言を連ね最終の体言に結晶させる手法であるが、第三句「風の音に」の字余りにたゆたいがあり、やや緩やかなリズムで読み下すなかに、夏の夜風に鳴る竹の葉のさやぎが聞こえる。これは巧まずして選び取られた各語の連なりから生まれている。「まどちかきたけのはすさぶかぜのおとにいとどみじかきうたたねのゆめ」傍点をしたイ段とオ段の連続を味わってほしい。これらの音はさびしく鋭い。その連続はヴィブラートのような細かい振幅を作り出し、竹の葉ずれを響かせる。大伴家持の「わが宿のいささむら竹ふく風の音のかそけきこの夕べかも」が、想からも響きからも思い浮かぶ。

この歌の習作として、

みじか夜の窓の呉竹うちなびきほのかにかよふうたたねの秋　「百首歌A　秋」

がある。これは秋の気配を感覚で捉えたものだが、「窓近き」はさらにそれを人生的な感慨にまで深めている。「いとどみじかき」という時間的な経過を含めた詠嘆が、やはりこの一首の決め手であり、力となっていることを感じる。夏の夜は短く明けやすいものであるのに、さらに竹の葉を吹きそよがせる風の音によってうたたねの夢が覚めがちであると嘆く。しみじみとしたわびしさがあるが、それは決して老人じみてはいない。「夢」という語がかすかな華やぎとなり、しかもそれらを夏の夜涼のさわやかさが包んでいる。その味わいは複雑である。言うに言われぬこの複雑な心情をないまぜて竹の葉ずれは響いてくる。

「夏は夜」と清少納言も言っているが、蒸し暑い京都の夏は早朝と日没からが活動の時である。特に貴族の女性達は侍女が雑用のすべてをし、その指示通り動きさえすればよいとなると、時間はあり余る。したがって、「うたたね」はよく文学に現れる。現代人が帰宅の車中などで疲れて眠りこけるのとは訳が違う。たとえば、夏休みなどのふんだんに時間のある時、一つの風景にじっと心を休ませていたり、考えるともなくあるテーマをまさぐっていたりする状態、思い慕う人の姿を、その人と出会うことを想像して飽きることのない、その二、三日の状態をもっと引き延ばして日常化したような生活と考えればいいのだろうか。そのような暮しをしている女性達には、「夢」と「うつつ」とが現在のように分明ではなかったのではないか。いわば意識と無意識とが微妙に入り交じり重なり合った部分が多かったと思われる。

しかも古代からの意識としては、一日は「たそがれ」から始まる。夜に重みを掛けたその生活。現代人が明りをともして夜をも昼に変え、したがって短くて深い睡眠と、長くて明確な覚醒とを持つのとは全く異なる。夜こそ実体であり、夢に真実を見ようとしたのだ。平安時代を通じてこのような態度は顕著である。「夢かうつつか寝てか覚めてか」などという表現はよく現われるが、その夢とうつつの入り交じった「うたたね」の世界において、人間の感覚は極度に研ぎすまされてくるのではないかと思われる。勿論それは視覚よりも、聴・嗅・触覚を主にしていて、目には見えないかすかな気配を鋭敏に感じ取るのだ。四季の移ろいなどは、ここで捉えられる代表的なものであろうか。

夢のうちも移ろふ花に風吹きてしづ心なき春のうたたね　　「百首歌C　春」

小夜ふかみ岩もる水のをと冴えて涼しくなりぬうたたねの床　　「百首歌C　夏」

うたたねのあさけの袖にかはるなりならす扇の秋の初風　「百首歌C　秋」

内親王の歌には「うたたね」と「夢」が頻出する。それが彼女の歌の世界を解明するキーワードになることは確かである。神への奉仕者として研ぎすまされた人より鋭い感覚、それが更に「うたたね」の中で捉えた竹の葉ずれの音楽によって、意識の深みにある時間への嘆きを呼び起こしている。それが「窓近き」の一首である。この幽玄な世界、繊細な旋律にもう一度耳を傾けてみようではないか。

積極的な『万葉集』の摂取

内親王の歌風を解明しようとする時、『万葉集』の影響を見逃すことはできない。本位田重美氏は、内親王の本歌取りの変遷を説明して、「本歌の認定については人それぞれの見方があるので正確な数を示すことはできないが、『古今集』を本歌にしたものがA・B・C群とも約二三、四首でほぼ一定しているのに、『万葉集』はA・Bでは三つか四つにすぎないのにC群では一〇を越えている」ことを指摘される。百首歌Cに至って、万葉的な長高体の歌境が開拓されたというのである。

内親王の万葉的なものへの傾倒には、その師俊成の教えが大きく影響していることであろう。彼は「歌の本体はただ古今集を仰ぎ信ずべきなり」と言う一方、「中古の歌は万葉の心に及びがたかるべし」と述べる。詞は古今の古きを慕い、心は万葉の新しきを学ぶということであろう。彼の指導を受けた新古今時代の歌人たちは、万葉の客観的態度と古今の主観的態度とを止揚して、主観的内容を客観的に構成しようとする表現の一方法まで樹立しようとする方向に進むことになる。内親王の歌境の進展もまた同じ線上にあり、その頂点を示すものとして百首歌Cの次の一首などは最もよい例ではないだろうか。

涼しやと風の便りを尋ぬればしげみになびく野辺のさゆり葉

「ゆり」という素材は万葉の大伴坂上郎女の「夏草の茂みに咲ける姫百合の知らえぬ恋はくるしきものそ」を頭に浮ばせる。これは花を歌わず、百合の葉が風になびくことを写生して「涼しさ」という感覚をそこに溶かし込もうとしている。風景も清新だが、表現も洗練されている。

この歌境に至るまでの努力として内親王はまず他の歌人と同様豊富な万葉語を摂取した。「葛城山」「引馬野」「岩代」などの地名による雰囲気の醸成、「岩そそぐ」「足ひきの」など六種の枕詞の使用はすぐ目に付く。次に序詞の修辞の多いことに気づくが、そこには実に端的に万葉集的世界を構築しようとする意図が表われているように思う。

我妹子が玉藻の袖による波のよるとはなしにほさぬ袖かな　「百首歌C　恋」

「我妹子」「玉藻」という語、同音を繰り返しつつ「夜」という異義語を導き出す手法から万葉そのものを感じる。その他の序詞にも万葉的な地名の読み込みや万葉を本歌として取り込んだもの等が目立ち内親王の積極性を裏づけている。このようなことを足掛りにして万葉的な客観描写が現れてくる。

とどまらぬ秋をや送るながむれば庭の木の葉の一方へ行く　「百首歌A　秋」

下の句に一瞬息を呑む思いであった。近代のアララギ派にもまがうような写生的な態度を発見したからである。百首歌Aは若い時代のものであり、未熟ではあっても大胆な表現が試みられているのだが、この木の葉が「一方へ行く」にも新しい表現を求めるひたむきさが感じられる。「一方」は、一つの方向、一方面、一つの方向に片よることやその様を言う語である。因みに『国歌大観』で用例を調べると、大方は「一方に」「一方ならず」という形で用いられている。

一方に思ひぞはてぬ春をまつ心に惜しき年の暮かな　守覚法親王『続千載集』

一方に乱るともなきわが恋や風定らぬ野べの刈萱　西行法師『山家集』

同時代の歌人の例を挙げてみたが、それ以後の十三代集あたりに用例は多く、意外と心情描写の形容に用いられている。風景描写に用いたものとして、

一方に靡く藻汐の煙かなつれなき人のかからましかば　平忠盛『千載集』

などがあるが、内親王以前には非常に少ないようである。しかも「一方へ」と方向性をはっきりと打ち出しているのは、私の調べた限りではこの一首であった。また修飾する動詞としては「なびく」「吹く」との結びつきが多く、「行く」との結び付きも特異なのである。内親王の観察眼の確かさと表現の独創性はこの時代の先端を行くものではなかったか。新古今的な世界の構築者として第一指に数えられる藤原定家の歌風も実は内親王の影響があったとする学者もいるが、それも納得がいくように思う。

木の葉の嵩は情念の嵩

新古今時代の歌人達は、歌境を広げるために新奇な素材を開拓しようとする。注目すべきものとして、春の雪・春の曙・春の月・帰雁・夕立・秋の夕暮・稲妻・落葉・冬の月・芦・柳・萩・千鳥の十三が挙げられている。内親王集にもこれらの素材は多く見られるが、中でも「落葉」については、繰り返し心を尽くして詠んでいるようである。

とどまらぬ秋をや送るながむれば庭の木の葉の一方へ行く　「百首歌A　秋」

刻々と過ぎ去って行く秋という季節を、例の「ながめ」の視線が追う。その眼、その心の向きに木の葉は風に吹き送られてゆく。心情が全く木の葉に同化している。内親王の詠む「落葉」は、客観的な景物というよりも、このように心情の沁み入ったもの、あるいは心情そのものとして読み取れるように思う。

秋はきぬ行方も知らぬ歎きかなたのめしことは木の葉ふりつつ　『続後撰』

さしてすぐれた歌ではないが、これなどは「たのめしこと」イコール「木の葉」という図式であり、最も端的に内親王の「木の葉」の秘密を明かしてくれる。

同時代の好敵手、俊成女にも「木の葉」の素材は多いが、彼女の場合はまず色を取り立てる。梢にある時も散り積もってからも、染められた紅の彩りが印象的である。

A　秋かけて染めし木末もしぐれつつ木の葉降りしくみ山べの里

B　初しぐれ心の秋に降りそめてまづ色変る人のことの葉

C　時雨行く秋の山路は紅葉葉の移ろふ色やしるべなるらむ

D　人やたれ宿はいづくと埋れし木の葉に雪の猶つもるらむ

そして更に言えば、Bのように木の葉の色は移ろう心を比喩するための手段であり、Cのように時雨の通り路を証明するための手段なのである。また、木の葉だけで勝負せず、Dのように雪の色を添える。

それに対して内親王の場合は、紅葉を取り上げることが少なく、梢にある時よりも散り敷き積もりゆく姿に重点が置かれる。色に関した語はほとんど出てこない。しかし、はるかにイメージとしての色を感じさせるものが多い。

積りゐる木の葉のまがふ方もなく鳥だにふまぬ宿の庭かな　「百首歌A　雑」

桐の葉も踏みわけがたくなりにけり必ず人を待つとなけれど　「百首歌C　秋」

うらがるる庭の浅茅にかつつもる木の葉かきわけたれかとふべき　『三百六十番歌合』

閨怨の情を潜ませたこの三首に執拗にあらわれる木の葉、しかも、まがう方もないほどの、踏みわけがたいほどの、かきわけるほどの木の葉の量、それは内親王の情念の量のように私には思われる。彼女の場合、人待つ思いは実ることがないゆえに激しく深く堆積する。秋の日差しの中を舞い落ちる紅・黄・褐色の葉は、時としては花よりも華やかであり、現実感がある。「夢のうちも移ろふ花に風吹きてしづ心なき春のうたたね」に詠まれている「花」も、同じく散り乱れる姿であるが、この風景は観念的な要素が強く、木の葉の方がむしろ現実的な確かさを感じさせる。それは散り敷き散り積もるとともに沈潜していく。しかし、華やかさには変りはない。内親王は木の葉の色を抑えることによってイメージを盛り上げ、彼女の人待つ心を盛り上げる。これは内親王の内向的な性情にも関係があるのだろうか。

繊細なガラスの器を取り落とす。床にかがみこんで拾い集めた破片を継ぎ合わせてみる。もう原型に還るべくもあらぬものに寄せる思い。ある夜夢にまで見たのだが、目覚めたあとにむなしさばかりが残った。遥かなる原型への焦がれ、その思いの報われないむなしさは、女性の日常生活の根底にある。

掌をくぼめたように落ち溜まる木の葉を拾う時の頼りない軽さ、風に吹き寄せられる時の実在感の希薄さ、それに等しい女性の性《さが》というものを内親王も感じていたに違いない。常に抑えられた女の情熱の激しさと、行方も知らず片寄せられていく性《さが》のはかなさの両極を、内親王の「木の葉」に感じるのは私のみであろうか。

木の葉しぐれの情念

抑圧された内親王の情念は、散りまがい散りしく木の葉の量かとも思われ、それは実ることなく朽ち果てる運命でもあった。周りの侍女達を遠ざけ、前斎院という身分からひとりの女に戻った彼女が、しみじみと眺めやる庭。そこにかすかな音を立てて答える木の葉がある。晴れ曇ることも定めがたい空あいが時雨を呼び、蕭条とした音を走らせてくる。

めぐりくる時雨のたびに答へつつ庭に待ちとる楢の葉がしは　「百首歌B　冬」

「楢」は一般に「小楢」を指し、落葉する高木でその実は「どんぐり」である。葉は倒卵状の楕円形で、先が鋭く縁に尖った鋸歯があるのだが、長さは十センチもあり、若葉も黄葉も目立って華やかである。「楢」の語源の一説に「諸木落葉の後も葉が枝に残って風にナル（鳴る）ところから」とある。

大きいだけにその「葉がしは（木の葉）」は、風にも雨にも敏感に音を返すので、古くから短歌の対象となっている。特に晩秋、時雨のくる音はその葉の上にフォルテッシモを奏でる。かと思うと忽ち遠ざかり不意に陽が射してきたりする。が、再び時雨はじめる。内親王の孤りの長い物思いの刻が移ろう間その音は何度も近づき遠ざかる。彼女の思いの起伏でありリズムであるかのように。楢の葉が時雨を待つのは、その贈り物の黄葉を望んでいるのだ。楢の葉に同化して内親王が待ち続けるのは、誰の足音であったろうか。「待つ」という受動的な生活に馴らされてきた女性達の姿がここにもある。その纏綿とした情緒によって楢の葉は色付けられていくように感じられる。

「時雨」の素材はどの歌集にも多い。しかし、音に注目するのはやや時代が下ってからで、まず木の葉を色づけるものとして現れる。万葉では時雨の歌の六一％、古今六七％、後撰三六％、拾遺五六％、後拾遺三三％、金葉六七％、詞花一四％、千載二〇％、新古今三〇％と凹凸はあるが減少の傾向を見せる。一方、音を取り上げたものは万葉・古今にはなく、後撰五％、拾遺〇、後拾遺三三％、金葉一七％、詞花〇、千載二〇％、新古今七％と推移する。千載集では色と音とを取り上げる比率は同じでありその上心情的なもの、特に涙に見立てたものが多く他の歌集ではいずれも一〇％台であるのに二九％の高さを示している。内親王のこの歌は音を主に取り上げながら色を言外に含めたもので典型的な「時雨」の歌になっているが、非常に千載集的な情感がある。彼女は他の時雨の歌にも音を歌うのが目立つ。

冬来ては幾日になりぬ槙の屋に木の葉しぐれの絶ゆる夜ぞなき　『続後拾遺　冬』

「木の葉しぐれ」は木の葉が散る様や散る音を時雨に見立てていう語である。久保田淳氏は、この歌の場合、「木の葉」と「時雨」の並列と考えながらも、合成して新造語を作るのに大きく影響したことに注目している。それはともあれ、この「木の葉」と「時雨」の密接な繋がりに、内親王の世界が象徴されているように思われる。百首歌Aに、

槙の屋に時雨はすぎてゆくものを降りも止まぬや木の葉なるらん

とある。この取り合わせへの執着は若くから始まり生涯を貫いている。「木の葉しぐれ」のかそかな音によって日日の孤愁は深められていく。その師俊成の「降る音も袖のぬるるもかはらぬを木の葉しぐれとたれかわきけむ」とあるに同じく、袖が涙で濡れる日もあったろう。しかし内親王は、涙や悲しみという語を表面に出さない。押し隠してあるだけに、時に忍び音のように木の葉時雨の音が響いてくる。

木の葉の音か、時雨の音かと、時間をかけて静かに聞き分けようとする姿には時代の深まりが感じられる。中世に一歩踏み込んだのだ。そのかそかな物音は幽玄の世界のシンボルとして捉えられ、「わび」「さび」という中世の典型的な美意識に繋がっていく。松尾芭蕉はその中世的なものの完成者として文学史上に現れる。「旅人とわが名呼ばれん初しぐれ」「初しぐれ猿も小蓑をほしげなり」の名吟は旅に人生を託した厳しさや人なつかしさに彩られた時雨の景である。中世的なものの入り口に位置する内親王の時雨には、生身のさびしさが静かな楽の音となって聞こえてくるように思われる。

孤独の照明――冬の月

初冬神無月、木の葉が色づき、やがて散り始める。深山に、川面に、庭に。その華麗な彩りに、風の音、時雨の音が交錯する。風は次第に冷たさを増し、名残の葉を梢から吹き払ってしまう。木の葉隠れにしか見えなかった月が洗われたように冴え冴えとその全貌を現わす。群青に凍る空に浮き彫りになる樹影。あるものは煙るように細やかな枝を広げ、あるものは腕組みをするように幹を交差させる。虚飾を捨てた樹々はそれぞれが個性的である。

風寒み木の葉はれゆくよなよなに残る隈なきねやの月影　『新古今　冬』

内親王は寝室から外を見出している。廂の間の奥まで隈なく月は射し込む、夜ごと夜ごと。緊張した冬空と澄明な月光を表わすべく、その調べは一分の隙も見せない。きっかりとした「カ」行音の連続もこの調べを強めている。月光に照らし出された寝室は常よりも広々として冷たく感じられる。「牀前月光を看る。疑ふらくは是れ地上の霜かと」という李白の詩が浮かぶ。夕べとともにかすかに芽生えた人待つ思いも、それにまつわる空想も夜が更けるとともに消え、隠しようもない現実が露われる。真実、孤りの自分なのである。「さびしい」という語などではとても表現できない孤独、それには孤独をあきらめ切った居直りのようなものさえ感じられる。この時、冬の月は非情にも孤独を露わす照明の役目をしているのである。

『新古今集』第六巻冬歌は他の歌集には見られない、百五十六首という多くの歌数を収録している。冬の美の発掘にそれだけ積極的であった。内親王も例にもれず、非常に意欲的に冬の情趣を自分のものにしようと努力している。

色々の花も紅葉もさもあらばあれ冬の夜深き松風の音　「百首歌A　冬」

「さもあらばあれ」という大胆な前置きで秋の情趣を脇に除けておいて、冬の美を開拓しようとする。若い内親王のひたむきな姿勢が既にここに見られる。

思ふよりなほ深くこそ淋しけれ雪ふるままの小野の山里　「百首歌A」

これにも冬への傾倒があり、西行法師の「さびしさに堪へたる人のまたもあれな庵ならべむ冬の山里」の影響が見られる。月光の下にある内親王の孤独は、この「なほ深くこそさびしけれ」という心情であり、「さびしさに堪へたる人」の姿勢なのかもしれない。甘さを許さない冬という季節と、都から遠く語る人とてない山里という舞台によって、その孤独は殊更身にしむものとして表現されようとする。

秋の色は籬にうとくなり行けど手枕なるる閨の月影　「百首歌C　秋」

秋の色づいた木の葉は散って身辺から遠ざかっていくが、それとは逆に遮るものがなくなった月光は寝室に射し込み、ひとり寝の手枕に馴れ親しんでくる。孤独な内親王の心を知り、それと溶け合うものは月光しかなかったかのようである。「玉の緒よ絶えなば絶えねながらへば忍ぶることの弱りもぞする」のような恋の激しさはここではまるで虚構のように感じられる。気が付けば取り残された己れがあるばかりである。それは全くむごいほどの真実であり、読む私は何か心の凍る告白を聞かされたように感じる。百首歌Cは死の半年前の作で、既に出家もしているのだが、仏道も救いとはならなかった。

しづかなる暁ごとに見渡せばまだ深き夜の夢ぞかなしき　『新古今　釈教』

「深き夜の夢」は無明長夜の夢で、煩悩の迷いのさめきらぬ自分を深く嘆く内親王である。ここでふと、芥川龍之介の『六の宮の姫君』を思った。自分の手で自分の人生を選び取れなかった姫君は、臨終にあたり名僧からどんなに経文を唱えてもらっても見えるのは地獄の闇でしかなかった。

和泉式部は奔放な恋愛生活を送ったが晩年、「暗きより暗き道にぞ入りぬべきはるかに照らせ山の端の月」と呼び掛け、月に救いを求めた。

今はとて影をかくさん夕にも我をば送れ山の端の月　「百首歌B　秋」

内親王の場合は孤独に住する自分を常に照らし、淋しさの極みを知っていた月である。もっと身近かに引き寄せ、むしろ甘えかかるように呼びかけている。

豊かに香り高く築かれた世界

ながめつる今日は昔になりぬとも軒端の梅は我を忘るな　「百首歌C　春」

百首歌Cは死の前年正治二年に完成している。内親王の病いはその前年の五月頃から次第に進み、定家の日記『明月記』の十二月四日の頃に「病悩日々に重る」と記されるようになる。体は衰弱しても持ち前の精神力は衰えず、その翌年の八月まで最後の力を振り絞って完成した。したがってその百首のすべてが辞世の歌になる訳だが、とりわけこの一首に託された思いは深く、ある意味で彼女の人生がここに象徴されているように思われる。

梅は内親王の最も愛した花であり、家集に十首の作がある。

色つぼむ梅の木の間の夕月夜春の光を見せそむるかな　「百首歌A　春」

「色つぼむ」は独自の表現で、「色がさして蕾む」ことを言い、紅梅を非常に細やかに観察している。ほんのりと紅くふくらんだ梅の枝を越して射してくる細い夕月の震えるようないういしい光。若き内親王の感覚が光っている作である。四十代になると、

苔深く荒れゆく軒に春見えてふりずも匂ふ宿の梅かな　「百首歌B　春」

わが身にも齢が加わり家屋も荒れまさっていく中で、身近に馴れ親しんでいる梅だけが年毎に新鮮な香りを放っていることに驚いている。そして四十七歳の「軒端の梅は我を忘るな」の作になると、素顔の内親王に特徴的な「ながめ」の姿勢が初句から示される。自分の生きた歳月

をこの語によって総括しようとするかのようである。続いて常に思いを託してきた梅に「我を忘るな」と呼び掛けて、自分が生きていた証《あかし》を留めようとしている。この呼び掛けに、私は例えば紅梅の花のような愛らしさを感じる。

内親王は晩年の五年間を、父後白河院から遺産として贈られた大炊御門殿に住んだ。場所は大炊御門大路（現竹屋町通り）富小路の一角で、今の京都地方裁判所の南辺に当たる。後鳥羽院は叔母内親王のこの邸によく行幸している。その供に常に加わっていた源家長の日記に次のような一節がある。

「斎院失せさせ給ひにし前の年、百首歌奉らせ給へりしに『軒端の梅もわれを忘るな』と侍りしか、大炊殿の梅の、次の年の春心地よげに咲きたりしに、今年ばかりはとひとりごたれ侍りし」。内親王の死は建仁元年（一二〇一）正月二十五日であり、わずかの差で彼女はこの年の梅を見ることなく逝った。死後さわやかに咲いたこの花に、せめて今年だけは主人の死を悼んで墨染の色に咲けと家長はつぶやく。実際にその眼で内親王邸の梅を見たこの感想は、八百年の時間の隔りを一瞬に取り除いて、実になまなましく内親王その人を思わせる。

あはれあはれ思へば悲しつゐの果忍ぶべき人誰となき身を　「百首歌B　雑」

斎院退下後の内親王の運命は急速に下降し、身の周りから親しい人が次々に姿を消していく。十八歳には妹の休子、二十五歳には母高倉三位、二十六歳には叔父で後見人でもあった藤原公光、二十八歳には兄以仁王、四十歳には父の後白河院。そして前斎院であるものの常として生涯結婚することなく終った式子であってみれば、「忍ぶべき人誰となき身」は実感であったろう。だからこそ「我を忘るな」と梅を相手に呼び掛けるしかなかったのだろう。

和泉式部は「忍ぶべき人のなき身はあるをりにあはれあはれと言ひやおかまし」と歌っている。情熱を傾けて愛した為尊親王とその弟敦道親王のいずれにも後れ、さらに娘の小式部内侍にも先立たれた晩年にこの歌は詠まれた。この歌には自分を茶化して淋しさを紛らせているような感があるが、これを本歌にしたであろう内親王の作には、こんな冗談めいたものは全く無く、凍るような孤独を見詰めて歌っている感じである。しかしこの思い詰めたような歌いぶりも、裏返せば「軒端の梅は我を忘るな」の愛らしさに繋がるのではなかろうか。

やはり内親王は恵まれて育った天皇家の姫君であった。中の品の和泉式部のような生活に根ざした苦労はなく、したがって何はともあれ生きていく女のたくましさはない。時代の転変の波にもまれたとはいえ、四十歳になるまで父帝の庇護が厚かった彼女には、生活面の不安は全く無い。和泉式部の場合はその奔放な恋愛を見る世間の冷い眼との戦いがあった。しかし愛さずにいられない彼女はなりふりかまわず愛した。内親王の場合、例の謀反事件に連座して追放されんとした一件はあるが、天皇家の姫君として、しかも前斎院として世間の尊崇は終生変っていない。忍ぶ恋は一面苦しくとも自分を傷つけることはなかった。多くの侍女達にかしずかれ、現実の暑さ寒さから庇われた内親王の心は何時も完全だった。

私は彼女の意識の底に強烈にある自己への甘さ、自己愛の深さを読む。いわばナルシスティックなものにより自己を肥らせ、エネルギーを蓄積しようとしているのだ。だから現実の不幸に自己の中心を侵されることは決してなかった。それは侵されないですむ境遇にあったからだとも言えるし、それほど安定した強靱な自己が潜在していたからだとも言えるのではなかろうか。ともあれ、ここで蓄えられたエネルギーによって豊かに香り高く築かれた世界が、実は内親王の文学の内実ではなかったかと、私はひそかに思っている。

新古今に留めた不朽の名声

「軒端の梅は我を忘るな」とわが生の証を愛する梅に頼んだ内親王であったが、死後四年に完成した『新古今集』によって不朽の名が留められることになった。入集の歌は四十九首、女流としては最高である。これによって厳然と彼女の生の意義は裏打ちされた。

第一巻春歌上は次のような配列で始まる。

春立つ心をよみ侍りける　　　　摂政太政大臣

み吉野は山もかすみてしら雪のふりにし里に春は来にけり

春のはじめの歌　　　　太上天皇

ほのぼのと春こそ空にきにけらし天のかぐ山霞たなびく

百首歌たてまつりし時春の歌　　　　式子内親王

山ふかみ春ともしらぬ松の戸にたえだえかかる雪の玉水

往時における勅撰集の権威は大そうなもので、そこに一首でも入集されることは非常な名誉である。さらにその歌が巻頭や巻軸（巻末）に載せられることになるとその面目は極まる。春歌は季節の推移順に配列されるからまず立春の歌が現れるのだが、数多い立春の名歌の中から巻頭に太政大臣藤原良経の作が選ばれたのには二つの理由がある。一つは彼が当代歌人の第一人者として認められていたからである。彼は新古今の「仮名序」を後鳥羽院の立場になって代筆もしている。二つ目は政治の要職にあったからである。勅撰集の事業は国家統治の要素をも持ち、その歌の取捨配列にも政治的な意味合いがこめられる。『袋草子』に「その勅撰集が編まれた時の大臣、または摂関の歌は非常に優れているのではなくても必ず入れるべきだ」とある。二首目、太上天皇は後鳥羽院である。帝王として、この事業の発案者として、しかも歌の実力からして当然すぎる位置であろう。それに続いて置かれている内親王の歌。春の兆しを歌ったものは多くの名歌があったろうに、特にここに選ばれた意味は何であったろうか。文学的には女流の第一人者として認められていたことであり、政治的には天皇と肩を並べうる神の祭祀者としての地位を認められたからではなかったろうか。春の日差しに輝く「雪の玉水」、それはひそやかながらもとめどなく内親王の生涯を輝かしているように思われる。

折口信夫氏の「女流短歌史」にある内親王の批評、「歌の上にからみついてゐた抒情味を整理し、雑多な夾雑物を取り棄てる事が出来た」「わかり易い形を作るといふその時代の人にとっては、非常にむつかしいこと」を「女の身できり抜けて来られた」のが「優れた所である」という見方に啓発され、少しずつ読みを深めてきたこの二・三年の間に、私の心にある内親王のイメージは随分変ってしまった。生涯病弱で、心なくも世と隔絶した斎院という境涯に十年も居らざるをえず、肉親との縁の薄さに加えて、貴族没落の渦中に巻き込まれつつ未婚のまま亡くなった――という不幸を寄せ集めたような世間一般のイメージからは遠ざかってしまったのだ。病弱は確かに彼女を苦しめ四十七歳の命を奪った。しかし、斎院については、既述したようにその時代をたまらなくなつかしんでおり、その地位は女性としては天皇と比肩しうる神の祭祀者という誇らしい立場であった。肉親との縁の薄さ、武士の台頭による様々の事件は彼女を「あるにもあらぬ」苦しみに追いやったが、一方には父後白河院のあたたかい庇護があったことも忘れてはならない。未婚については、「皇女というものは処し方がむずかしく世間一般の結婚を経験することはなくほとんど未婚のままで終られるのである」と玉上琢弥氏の『源氏物語評釈』にある。時代の常であれば自分の境遇に疑問を持つことはなく、ましてそれを不幸とすることはなかったろう。式子内親王の研究家として聞えた竹西寛子氏は、「悲しみだけでは物は書けない」と述べているが賛成である。世にいう不幸を自分の秩序の中に組み込んで生きて行ける芯の強さ、たくましさが内親王の身上ではなかったか。それをなしえた性格的な要因として私は二つ考えている。一つは皇女として誇らかに豊かにいつくしんで育てられた四・五歳までにゆるがぬ自己を形成していたこと。もう一つは、それに続く十年間の斎院時代において、世間の尊崇に耐えうる身の処し方、神に仕えることへの精神の集中を鍛練されたことである。ただ単に、不幸に身をもまれているだけのよわよわしさであったなら、当時の歌壇にむらがる才媛の中から選ばれて、不朽の名を史上に残すことはできなかったはずである。

百首歌			句切れなし(体言止め)	句切れあり					体言止め	本歌取り	漢詩取り	類語	序詞	枕詞	縁語	掛詞
種類	部立	歌数		初句	二句	三句	四句	途中								
A	春	20	7(3)	3	2	8	2		7	6		3		2		3
	夏	15	7(4)	2	2	4			9	2		2				2
	秋	20	10(4)	2	3	6			7	4				2		2
	冬	15	6(0)	2	2	4	1		4			2				3
	恋	15	7(0)	3	2	3		1	12	1		1	2			3
	雑	15	8(0)	1	1	4	2		4	2	2	1	2		1	
	計	100	45(11)	13	12	29	5	1	33	15	2	9	4	4	1	13
B	春	20	8(5)	2	3	10			10	5		1				1
	夏	15	10(3)	1	2	3			6	1			1			1
	秋	21	8(3)	4	1	6	3		9	2				1		2
	冬	15	9(3)	2	2	3	1		4	1					1	2
	恋	15	10(2)	1	3	2			1	2			2			3
	雑	15	10(2)		3	2			4	3						4
	計	101	55(16)	10	14	26	4	0	34	14	0	1	3	1	1	13
C	春	20	13(6)	1	2	1	2		9	5			1	1		3
	夏	15	7(4)	3	2	2	1		9	3						2
	秋	20	7(5)	4	3	6	2		10	3				1	3	1
	冬	15	5(1)	3	1	3	3		5	2						
	恋	10	1(0)	2	4	4	1		4	5			5			2
	旅・山家・鳥・祝	20	11(3)	2	2	4	3		6	6	1		1	1	1	2
	計	100	44(19)	15	14	20	12	0	43	24	1	0	7	4	4	10

風の歌人　齋藤史

史の風のさまざま

風立ちぬ

風が吹いてきた。随想「風」の欄を書くようにというお達し。「風」と言えば史、という構図が私にあって、ここから逃れることができない。

ふたひらのわが〈土踏まず〉土をふまず風のみ踏みてありたかりしを
『ひたくれなゐ』

苦難の連続であった史の一生を思うとき、「ありたかりしを」の熱い希いが切なく思われる。

史の写真の中で、父の瀏と庭に並んで立った一枚が取り分け好きである。昭和二十七年と注記があるから史は四十三歳のはずだが、父の横に立つせいかいかにも娘らしく、ういういしい。やや長めのスカートから見える足、右足を少し前に出して、すぐ後ろに左足先を付けている。史の足はいつも美しかった。脚線の美しさもあったが、常に足の先まで神経が行き届いていた。八十八歳、「宮中歌会始」の召人の日に——の写真は裾長いドレスであるが、足元の形は変らない。腰掛けた時も、常に右足を上にして斜めに両脚を揃えたポーズであった。決して膝の崩れないところに精神の若々しさと高貴さを見た。

踵《かかと》高き靴はくこともなくなりて形かはりしふくらはぎこれ　『やまぐに』

と疎開先長沼村での、土に汚れた暮らしを歌い、

晩年は残年にして無念なる　人もわれも低踵《ローヒール》の婦人靴　『秋天瑠璃』

干し忘れられたるズボン老い皺み０脚のまま乾きてゆきぬ　同

と歌いながらも、生活にも老いにも甘えない人であった。〈日本芸術院会員を祝う会〉の折、祝辞を述べる幾人かが、「どうぞお座りください。」と八十五歳の史を気遣っても決して座ら

ず、お礼のお辞儀をしてから座った。凛とした史が今も目にあり、これこそ貴婦人というものであろうと思った。
史の他界後届いた「てがみ」という詩の第二連にも、「あしたわたしは風になり　空の向こうへ帰ってゆきます　雲のあいだを駆けながら　風のことばを聞くでしょう」とある。二〇〇二年五月八日のお別れ会に飾られた大きな一枚の写真に、史は矮鶏《ちゃぼ》を抱いてにっこりとしていた。

雉鶏《ちゃぼ》抱いてとりも私も目をつむる風に乗りゆく夢を見るため　　『風翩翻』

風に乗る史に会うべく、私は風により添って歩く。風に向かってたかだかとパラソルを掲げる。「いざ生きめやも」はポール・ヴァレリィの一句であるが、ここしばらくは、「風立ちぬ。いざ書かめやも」で、風のまにまに筆を運ぼう。

風通し

風は四方八方から吹いて来る

風は四方八方へ吹きぬける
風よ、流れる空気よ
自由の子よ

壺井繁治「風」

風は大気の物理的運動であるが、もしも風が通わなかったら、どんなに息苦しいことであろう。

「家の作りやうは夏をむねとすべし。冬はいかなる所にも住まる」（『徒然草』五十五段）と兼好は言う。今のように暖冬でないその頃、建築用材も防寒器具も、それに衣服も粗末であったその頃に、こう断言する古人の辛抱強さにも驚くが、風の通わない部屋は冬といえども息苦しい。まして蒸し暑い京都盆地の夏は、風通しが第一条件だったのだろう。クーラーのある今でも、南北を開放して風の道で寝ころんだりしていると、これ以上の幸せはない気分である。

人と人の間にも適当に風が通《かよ》っている方が気楽である。一平米当たりの人数が増えるほど、精神的軋轢は増す。不安が高まり争いや事故が起こりやすくなる。満員エレベーターに閉じこめられるなどは最悪である。明石の花火を見に出た人ごみの桟橋での惨事も記憶に新しい。

ひとり去れば一人分風通しよくなる部屋の椅子並べゆく

『秋天瑠璃』

史の目はシビアである。去るのは客か、家族か。ひとり去った寂しさよりも、その分広がった空間が皮肉にも捉えられる。その分呼吸もしやすくなる。下句の具体が、その実感を確かなものにする。

〈七笑《ななわらい》〉といふ酒を置きつくねんと女ひとり居て何わらふべき　『秋天瑠璃』

言葉使はぬひとり居つづく夕まぐれもの取落し〈あ〉と言ひにけり　同

去ったひとりは、あの世に去ったひとりであってもいい。夫が去り母が去り、この時期史はひとりである。自由を得た空間に居座ったのは、凍るような孤独であった。平成三年、史八十三歳。『秋天瑠璃』を読み始めて「風通し」の歌に至る過程から、さらに見えてくるものがある。もしかして去るひとりに史は自分を重ねているのではないか。

すかすかとなりたる木立これ以上透けるな死後のこと視えくれば　『渉りかゆかむ』

歳末、木の葉のように散り寄せる喪中はがきに、わが身めぐりもすかすかしてきた。史のように最後まで好奇の目で老残を追い見詰め続ける強さはない。

もの見事に行方くらましはてにける老猫失せてのち神無月　『秋天瑠璃』

ましてや、老猫の企みのように、積極的に行方をくらます死を夢見るゆとりなど、持てるわけもない。

風恋ひ

風恋ふればよるべなしやの　たどきなしやの　北に南におちつきがたし

『ひたくれなゐ』

「風のやから」二十二首の連作の一首。人間は平穏な日常を願いながらも、心の何処かで動乱を求めている。マンネリ化した人生のある日、訪れる台風は、ドラマの一頁を展いてくれる。風のエネルギーに誘われて心は生き生きしてきて、刻々のニュースに聞き入る。上陸は九州か、最悪の室戸になるのか。

第二次大戦後、台風は米国式にアルファベット順の女性名で、キティ台風、ジェーン台風などと呼ばれた。一九五三年以降は発生順の番号で呼ばれるようになり面白くないのだが。丁度私の若き日には風に名前があり、風は友達、風に人生をしばらく委ねるような楽しさがあった。

台風は、中国語の颱と英語のタイフーンの音とを取って「颱風」と名付けられたと言う。大正期以前は大風《おおかぜ》とか、嵐。古くは野分と呼ばれた。野分の呼び名は、秋草の野が吹き分けられ吹き倒されるイメージが広がる。『徒然草』十九段、四季の情趣を綴った一文の秋にも、「又、野分の朝《あした》こそおもしろけれ」と取り立て、清少納言も枕草子に「風は」の一段を書き、「風は嵐」と書き始めて、「野分のまたの日こそ、いみじうあはれにをかしけれ」と三つの形容を重ねて最高の賛辞にしている。木が横倒しになり秋草の花を台無しにしたことを嘆くが、格子の枡目ごとに木の葉を吹き入れた仕業に感嘆を惜しまない。『源氏物語』にも野分の巻がある。英訳では勿論タイフーンであるが、野分のやさしいイメージと食い違う。

野分の翌朝、わが家から見渡すと、黄色く稔りはじめた稲に渦巻状の風の跡がつき、そのすさまじさがくっきり見えていた。最盛期の台風は直径数百キロに達する反時計回りの渦巻であるそうだ。風の中心部は「台風の目」、風が衰え雲が切れ、ぽっかり青空が見える不可思議。これまたドラマチックで、人の運命にもありそうである。

史の風の歌は数多くある。中でも「風のやから」の一連には秀歌が多い。『風の名前』という本を繰っていたら、最後に「風の族《うから》」があり、「ふたひらのわが〈土踏まず〉」の一首が出ていた。「よるべなしやの　たどきなしやの」は、落着かない自分を囃すように楽しむように歌

っている。「さすらひ」は詩人の天性なのだろうか。九十一歳の史の一首、

遠き世の漂泊神《さすらひがみ》も混りゐてわが客人《まらうど》のざわめく声す　『風翩翻以後』

遠き世の西行や芭蕉の流れにある自分を茶化したようなこの表現に、さりげなく漂泊《さすらい》の人生を肯定しているように思える。

風に向かう

岡に来て両腕に白い帆を張れば風はさかんな海賊のうた　『魚歌』

「風」を求めて全歌集を読んでいくと、最初に発見する一首である。昭和九年作二十五歳。歌壇に颯爽と現れた頃の史の姿が思われる。まだ二・二六事件も体験していない。幸せな怖いもの知らずの史の姿である。

「岡に来て」とさりげなく自分の位置を示し、両腕を広げる。「白い帆」はゆたゆたと幅の広いブラウスの袖。真向かってくる潮風がはたはたと音を立てる。それは「さかんな海賊のう

が参考になる。

た」なのだ。直喩を使わず、ずばりと言い据えて、強く読者に迫る。「岡」には、こんな作品

突出でて高く明るき突堤を荒つぽく海の風吹きとほる　『歴年』
突堤のはづれ迄ゆきしわが視線海にはね返さるる明るき海に　同

昭和四年二十歳。「初期作品」と区分された中にある。「突堤風景」という連作の二首であり、史の原風景の一つなのかも知れない。明るい突堤の岡と明るい海が印象づけられる。

「海賊」と言えば、幾枚もの広い帆に風をはらませた海賊船が浮かぶ。『千夜一夜物語《アラビアンナイト》』の「シンドバッドの冒険」でおなじみの帆船である。海賊は古くから東西の歴史に登場する。紀元前後の数世紀にわたって地中海を中心に横行しているが、中世の十字軍以後、地中海貿易が再開されると、イスラム、イタリヤ諸都市国家の間で続発する。一方バルト海、北海などで起こった民族移動と旧秩序の解体の中で活動したノルマン（いわゆるバイキング）も有名である。彼らは大体、内乱など支配権力が動揺する時期に活動しており、賊とは言え逞しい海の男である。バイロンの詩にも「海賊」があり、海賊コンラッドと、ギリシヤ人の若い娘の恋を描いている。海賊はロマンを感じさせる人間像である。

「風は略奪者　風は空の賊」と中井英夫の詩にもある。その風に向かって通せん坊をするように立つ史は、若くエネルギッシュで、ロマンがあり、野望に満ちている。古い秩序の解体の割れ目に、新しい詩歌を創造するのも野望の一つであろう。

風に逆《さか》ひ行く事をむしろ張りあひと思へる子らよ声はり上げて　『杳かなる湖』

子供は勿論、若き日の「風」は、立ち向かい、逆らう姿で現れる。史もそうである。『魚歌』『歴年』『新風十人』の風は、木枯　南風《フエーン》　暴風《あらし》　疾風《はやて》など、荒っぽく壮《さか》んな風ばかりである。些細で、ひ弱な感情は飛ばされ、逞しい意志と夢だけが育つ風である。

風のやから

恋よりもあくがれふかくありにしと告ぐべき　吟《さまよ》へる風の一族　『ひたくれなゐ』

はるかより声呼びやまぬわが族《やから》　おう・おうと応へ行きがてなくに　同

『ひたくれなゐ』の「風のやから」二十二首の最後にある二首。「族」は「一定の範囲を形づくる種類の仲間」（『広辞苑』）のこと。自分は「吟《さまよ》へる風」の仲間である。身近にある誰かを恋うよりも、もっともっと遠くにある、より高くすぐれたものへの憧れが深かったのだと、風に告げよう――という。

「あくがれ」は元々「あくがる」という動詞で、本来の場所から離れてさまようこと、延いては魂が体から遊離していく状態を言う。和泉式部の「もの思《おも》へば沢の蛍もわが身よりあくがれ出づる魂《たま》かとぞ見る」によく表われている。「さまよふ」は彷徨でなく吟であるから、上代語の「嘆き悲しんでため息をつく」という意味で、風の咆哮を表現している。

二首目になると「一族」は「わが族《やから》」と置き換えられ、風はさらに親密度を増してくる。「族《やから》」は、「うから―やから」と連語で用いられた。どちらも同じ意味、血縁の人々の総称である。風は遥か遠くから史を呼びつづけて近づく。「おう、おう」と応えてくれながら身をめぐり、行き過ぎがたくしていることだなあ。と史は歌う。史は風に告げたい思いを持ち、風もまた史の言葉に頷きながらしばらく吹きよどむ。風と史の相聞である。

はるかなる天山南路こえてくるあれは同族《やから》かいまだに呼べり　『うたのゆくへ』

同趣の歌であるが、史はシルクロードの果てまで風の起点を遡る。何に憧れてここまで来たのだろう。風に思いを重ね、しだいに史は風に同化する。

蹠から空気を吸へと言はれ居り飛翔の族と今宵なるべき
『秋天瑠璃』

ある夜、何かに唆かされ、史の足裏は空気を吸って浮上しはじめる。手を泳がせ、風の中を飛ぶ一族に加わろうとする。シャガールも人や馬や教会を空に泳がせた。岡部伊都子も、幼時から空を翔ぶ夢ばかり見たと書いていた。史の夢にも、こんな場面が多くあったのではないか。

死地いづこと決めざる軽さふるさとを持たざるものは風のともがら
『渉りかゆかむ』

煌びやかに星座名を持つ天空に無名の風の一族の過ぐ
『秋天瑠璃』

故郷を持たぬ漂泊は、あてどもないが自由である。星座と異なり風は無名で、名誉とは無縁である。あの人達もそうだった。二・二六の若き将校たちもあくがれ深い風の一族であったことを思いながら、史は「生」を「風」と観じていたのであろう。

風に燃す

水銀色の髪となりしかば朱に染めて風に燃さんかな―惜命《しやくみやう》　『風に燃す』

昭和四十一年、史五十七歳。連作「風に燃す」の二首目にある。一首目に「アイリス」、三首目に「夏を待つ」があるから晩春の歌であろう。油気のない白髪はばさつく。折しも風は「風炎」。

ガラス色の空光りつつ罅《ひび》入れば今日山国を駈けぬける熱風《フエーン》　同前

熱風《フエーン》はドイツ語で、アルプス地方で名付けられたが、和訳すると「風炎」。「颪《おろし》」の一種で、山腹から吹きおろす乾燥した高温の風で、しばしば山国を駈け抜ける。乾いた白髪をさらに乾かすこの風、朱に染めれば髪は火となり燃え上りもすることだろう。

熱風の中あゆみ来ていたく瘦せぬ　すでに消耗せし五十年　同前

四十歳で初老、五十歳はもう身体の衰えを隠すことはできない。山国の熱風は史を甚振《いたぶ》り消耗させた。それにしても、私はいつも思わせられる。史は「光」の詩人でなく、「熱」の詩人であることを。

風に研がれてさやぐ枯草発光をのぞみたりしが　発火してけり　『風翩翻』

この一首は史の感性の特徴を実に端的に表わしている。発光すれば枯草の存在は持続的になる。仏の後光のような姿にもなる。しかし、発火は一瞬で、激しく燃え跡形もなくなる。全歌集を読むと、「燃える」「燃やす」の歌の多さに気付く。あの「ひたくれなゐ」の歌も、燃える生の象徴であろう。白髪を「燃さんかな」はいかにも史らしい発想である。

最後に意外な語「惜命《しやくみやう》」が置かれる。「可惜身命（身体を大切にすること）」の略語で、石田波郷に句集『惜命』がある。「七夕竹惜命《しやくみやう》の文字隠れなし」が浮かぶ。三十歳台に三度も胸の成形手術を受けながら、ひたすら「惜命」の心に生きた。史もこの時期、命を惜しんで生きなければと思ったのだろう。

この頃の史は、山国の暮らしを余儀なくされていたとはいえ、長野にはなくてはならぬ人になりつつあった。長野県文化功労賞を受け、長野市社会教育委員を経て、教育委員及び婦人教育委員会会長にも推されている。そして何よりも、昭和三十七年には、「原型」を創刊し、主宰となった。

ひたすらに樹を植ゑたくて植ゑるなり熱風《フェーン》の中のわが植樹祭　　『風に燃す』

その年の作品である。「原型」に集まる仲間を得、育てる喜びを見出した。ようやく史の生も充実期に入り、未来が見えて来た。その思いに立った「惜命」であったように思われる。

風売る少女

桜桃熟るる上の青空夏光り氷売る少年・風売る少女　　『ひたくれなゐ』

少年は氷を売っている。氷室から切り出した氷を砕いて、小車に乗せたり、箱に担いだりして売り歩く。江戸時代に始まった行商である。

風売る少女は、風車《かざぐるま》でも売っているのかと思っていたが、そうでなく、きっと少女の全身が風になり、その爽やかさ、涼しさを周りに売っているのだ。

新しいスカートをつけて来る少女青い風あることを示す　『風に燃す』

湖《うみ》よりの風にふくれて天幕もキャンプ少女の花のスカートも　同

少女の身をめぐり、最も風を感じやすいのは、髪、スカートであろう。史は東京で生まれたが、陸軍軍人の父に従い、小学校の頃旭川に住み、女学校卒業後も再び旭川に住んでいる。史の少女期は北国ではぐくまれたから、桜桃が甘酸っぱく熟れる初夏は、原風景の一つでもあったろう。和服がほとんどの時代、史は洋服であったと言う。

一人っ子だった彼女に、母の愛は十分であったが、思い出話に多く出てくるのは「おやじ」。軍人であってもコチコチの父でなく「『親の人生と子供の人生、違うんだぞ』とおっ放し」でありながら、東京での二、三歳の頃から寄席《よせ》に連れて歩き、日本の芸能に親しませた。旭川では山歩きもさせて自然との付き合い方も教えたと言う。

胎内で母と一体であった子は、出産後も母との一体感を味わいつつ育つ。心理的離乳期以後、子供に精神力を与え、社会のきまりを教え、自分が真に価値あると思う文化を伝えるのは父の役目である。特に娘は、父との関わりによって女性性も育ってゆく。

茶色となりし麦わら帽の褪せリボン遡行《そかう》する風にもつらせながら　『うたのゆくへ』

向ひ風にスカアトを膝にぴつたりさせ階段をおりてゆく街は雨　同

風は過去へと史を誘う。向い風は史に少女の頃のスカートの感覚をよみがえらせる。ズボン姿の史を私は知らない。スカートを付けた史は、その裾の広がりや風のもつれに、女性として成長していった頃のやさしい心や、豊かで多彩な感情のゆらぎを感じていたことだろう。少女のスカートに吹く風は、史に、少女期の幸せを呼び起こさせ、豊かな感情を呼びもどす泉のようなものであったと思われる。

はげしく多彩な感情に堪へて不安なりマフラも裾も風にはためきて

『うたのゆくへ』

風翩翻

風翩翻　はるか虚空にうたふらし　わがみづうみのはつか彩《いろ》ふは

第七歌集は『風に燃す』、第十一歌集も『風翩翻』で、生前に出された最後の歌集になった。風の歌人史は、その最終ページに、しかも※印で切り離してこの一首を置いた。平成十一年、九十歳の作である。

みづうみに雲も匂ひてうつろへば恋《こほ》しきものの限りしられず　『朱天』

の一首が思い出される。三十一歳の史のイメージの核に、「みづうみ」はあった。「わがみづうみ」は、風が翩翻とうたうのに応じて、かすかに、美しい色に映える。

「翩翻」は二字とも「羽」を部首にする語。「羽」は鳥の長い羽をかたどった象形文字なので、羽や飛ぶに関する意味を表わしている。「習」は鳥が羽を繰り返し動かして飛ぶ練習をする意味であるように、翅・翔・翼なども鳥の羽に関係している。「翩」も「翻」も鳥が飛ぶ、ひるがえるが第一義である。

日本国語大辞典には、「旗、鳥などがひるがえること」とあり、用例として、「翫春雪、雪影翩翻暗四隣」（『文華秀麗集』）、「林を辞する舞蝶は、還つて一月の花に翩翻たり」（『和漢朗詠集』）、「雲の中より鳩二つ飛来て源氏の白幡の上に翩翻す」（『平家物語』）、「衆鳥翩翻羣獣駓騃」（張衡「西京賦」）などが出ている。鳥や蝶、それに雪片の形容である。もっと詳しく調べないと言えないが、風を形容したのは、史独自の使い方であったのかもしれない。

風翩翻　ことばへんぽんたらざるを遠く振りゐる人のてのひら　『秋天瑠璃』

にも使われている。「飜」は「翻」と同じ。ことばはひらひらひるがえらないが、遠ざかる手のひらがいつまでもひらひらと見えることを歌っている。

　はたはたとてのひらほどのはんかちもひるがへされて水の明るさ　『朱天』

この小さなみずみずしいひるがえりから、史のひるがえりは始まるのであろうか。

　陽に炎《も》えて山こぶし咲く　人界をのがれしものが振る春の旗　『渉りかゆかむ』
　遠くさびしく風雪の中ひるがへり喚《よ》ぶは　霊なすものか・わが年月か　『風に燃す』
　それとなき遺書《のこしぶみ》にてひるがへる風が置きたる風紋・しばし　同

ひるがえるものは、しだいに現実から遠ざかっていく。史の心の地図は、ひるがえる風図であった。

　わが擴ぐる地圖ときとしてひるがへる　風圖といへるものありやなし　『秋天瑠璃』

風のヒユウ

史の童話に「風のヒユウ」がある。「長野県あたりに、ヒユウという名の小さい風が居つた」と書き始め、実にいきいきと風が形象化されている。

「風には、かたちつてものがない。宙を駆けるときはその時しだい。鳥が羽を広げたようなときもあれば、妙高山から降りるときはスキーのダイビングみたいに、縦にまつすぐだ。いきおいがつきすぎて、裾野の一本松の幹に、くるくるつと巻きついちまうこともある。平たくなつて千曲川の水の上を撫でてゆき、高い鉄橋の間を抜けたら、櫛の歯で梳かれたようになつたから、慌ててあつちこつちくつつけたら、皺々の襞々になつたので、飯綱山の日当たりでしばらく休むことにした」という具合に、息つく間もない、独創的、かつ具体的な風の描写である。

風に名を付け、人格化した作品に、宮沢賢治の『風の又三郎』がある。「どつど　どどうど　どどうど　どどう」という不思議な風の音のなか、九月一日、山の分教場に一人の少年が現れる。赤い頭髪、ねずみ色のだぶだぶの上着に白い半ずぼん、赤い革の半靴、異国人のようなこの少年の動くところ、風が吹き起こる。ガラスのマントを翻して風雨のただ中にいるその少年の姿が幻想的であった。これは東北の二百十日あたりの台風を擬人化した異色の作品であるが、史のヒユウは信州の風。りんご畑に遊びに来るやさしい風、フウと出会ったり、「菜の花と、汽車の煙と、から松の色で、何ともへんてこまだら」になったり、千年の大杉の爺さんに挨拶に寄ったりする。有明山の八面大王という鬼の孤独をしのんでじーんともする。戸隠山の官那羅という鬼は、いい音色の笛を吹くが、二人を逢わせてやりたかったとも思っている。時には足の向くままに北海道まで行き、大雪山の雲に堂々とあいさつをしたりもする。

ヒユウを語るのは山姥の婆やん。最後のエピソードに、千曲川べりで草焼する爺やんが、大《おお》火《び》になりかけた野火を必死で叩き消そうとする場面がある。

「――その日、ヒユウは其処に居りましたのでございますよ。でも、どんなにはらはらしても、出て行つて爺さんを手伝うわけにはいかなかつたのでございます。何分にも、ヒユウは風でございましたから――」と落ちが付く。

読んだ後にほんわり残る温もりとおかしさ。自由自在な話の展開とその語り口に、日本の話芸の至り着いた境地を見る思いがする。生前の史の話し方がそうであった。また、史の風に寄せる思いの深さが、こんな童話を結晶させたのであろう。

史の短歌は高校の教科書に出ているが、「風のヒユウ」などは、その一部でも、小学校五、六年の国語で読ませるような、粋《いき》な計らいがあってもいいような気がしている。

風のごとく

老いたりとて女は女　夏すだれ　そよろと風のごとく訪ひませ　『秋天瑠璃』

史は風を比喩として用い、多くの秀歌を残したが、そのほとんどは暗喩であり、直喩の風は全歌集中三首しか発見できなかった。八十歳の作で、晩年の代表歌としてよく引用されるこの歌が、その中の一首である。「直喩というのはいささか単純になりやすい。喩えてみてもちっとも変化がないような『ごとく』が世間には多いんです」と史は言っている。

この一首は額田王の歌を踏まえている。

君待つとわが恋ひをればわが屋戸《やど》のすだれ動かし秋の風吹く　『万葉集』巻四-四八八

「君」は天智天皇。待つという静かな情念に応じるように簾が動いて秋風が吹き通る。君の訪れの前ぶれのように。古代のおおらかな恋の歌を匂わせて、現実に訪れた人をさりげなく咎める形で歌っている。そよろ——の擬態語にも軽みがある。

不意に来て冷酷にものをいひ放つ人は善良な野良の面《つら》せり　『うたのゆくへ』

東京生まれの東京育ち。父の転任であちこちしたが、二十一歳から三十六歳まで東京に住んだ。戦禍を逃れて長野に疎開、結局他界するまで山国暮らしを余儀なくされたが、土地の習俗にはなかなか馴染めなかったようだ。特に言葉に敏感だった史は、人間の善良さを認めながらも、土足で胸の中まで踏み込まれるような感じがあったのであろうか。

今でも忘れられないのは、全国歌会の最中、ぴくぴくと眉が動いて、「雛芥子」のアクセントを正されたことだ。ヒナゲシではなくヒナゲシですと、ぴしゃりと言われた。言葉には繊細で気むずかしかった。関西訛の私などは、以後どう物を言おうかと怯えたほどである。

老女にて笑《ゑみ》もことばも和《な》ぎゆくといへど切味よきもの愛す　『秋天瑠璃』

「切味よきもの」、刃物、技《わざ》、才能、論理……。いろいろあるが、その大部分に言葉があったのではなかろうか――と私は思っている。

松井覚進氏のインタビューで、史は事実を明かしている。――それはねエ、民生委員が来たんですよ。土地の事情もちゃんと調べていらっしゃると思うのにねえ。「じいさん、いるかね」齋藤史って、男みたいな名前だから。「もう少しそよろとなさい」っていいたくなっちゃう。――

たたなはる山国信濃見慣れざる女の歌に風が当たりき　『秋天瑠璃』

余所者《よそ》に山国の風は厳しく冷たく、史は風に向かって歩くしかなかった。顔を上げて。

風も月日も

野の中にすがた豊けき一樹あり　風も月日も枝に抱きて　『風翩翻』

平成九年一月、宮中歌会始に史は召人となった。召人は、天皇からただ一人選ばれて歌を奉る人である。「姿」という御題で詠進したのがこの歌である。

伝統的な儀式の召人という役がらもある。又、歌は古式にのっとりゆるゆると節付けられて読み上げられることもある。おのずとその場にふさわしい内容と調べが要求される。

姿――。史のイメージに野の中にすっくりと立つ大樹が現れた。豊かに太い枝を張った一樹である。

口むずと閉ぢし春秋　文弱の徒よりも重し山の大樹は　『秋天瑠璃』
その幹に我は掌をあて友は耳を当つ　人寄らしめて大樹は佇てり　同

樋口覚との対談で史は、「私は動物も好き、植物も好き人間でしょ。大きい木ね、二百年も生きた木に出合うと感嘆しちゃうの。これは人間より生きてるなあと思うと、まず手を当てるの、木の幹に。何か非常に近くなるんですよ」と言っている。姿と言われて、史が大樹を思い描くのは自然のこと、「人間より生きてるなあ」という感嘆が、「月日」という語を呼び出すのも自然、そして「風」が出てくるのも史の自然なのだ。

夜はくらく荒れし野面にたてる樹《き》のいかに孤独なる景色を見るも　『歴年』

昭和十五年の一首。ここに現れた樹は、夜、荒れすさぶ風の中に孤独に立つ野の一樹である。昭和十一年の二・二六事件は無論のこと。十二年の日中戦争の勃発、十四年は夫の軍医としての召集と重症の病、さらに十六年の太平洋戦争へと時代は急速に傾いていく。文学への風当たりも強まり言論統制が厳しい。その中にある史の暗さがこの一首にはある。
召人の話は内々あったが、老齢を理由に辞退していたのに、再三再四請われて史は出席した。決心させたのは、芸術院会員になり初めて拝謁した時のお言葉であった。天皇は、「瀏ね」と語り掛け、続けて「軍人」と言われた。咄嗟に史は、「始めは軍人で、おしまいはそうでなくなりまして、おかしな男でございました」と答えたのだが、父昭和天皇が裁いた「二・二六事件への癒しをしてやろうというお気持ちが感じられないじゃないんです」と史は言う。召人の件にも天皇のお気持ちの続きを感じて、出席したのであろう。

歳月を経て、大樹は何事もなかったかのように、風を枝に抱きおさめて立っている。歌会始当日の史は、サファイア・ブルーの裾長いドレスで現れた。八十八歳とは言え、大柄な史は堂々と豊かであった。

風に放たむ

わが歌は風に放たむ　山国の狭き谷間に捕らはるるなよ　平成十二年六月「短歌」

連作「百鬼百神」の最後に置かれた一首。史は九十一歳。その後、二度の乳癌手術から貧血入院とつづく。

身の内の悪細胞にもの申す　いつまで御一緒をするのでしようか
平成十二年七・八月「短歌朝日」

山国のたためる山の襞越えて去るをよろこべ死後のわが魂
同

「名残雪」三十一首に托した心境である。
史は、山国の閉塞性を繰り返し歌った。

山国の風をかなしめゆきあたりつきあたりつつ　その山の壁
『ひたくれなゐ』

歌文集『やまぐに』の「日ぐれ」と題した一文を読むと、さらに具体的になる。「未だ陽光のため鍍金されてゐる明るい所も見る見る小さく狭められ、そして陰影の中にすべりこんでゆく。山山は――この平地の周囲をかこみ、厳重にとりよろつた山山は、人々の持つ何かを決してこの囲みの中から取逃す事のないやう絶えず見張り、封じこめてゐるやうに見える。この山国人の生命も習慣も熱情も、或は宿命も。この地上のささやかな一隅に閉ぢこめておかねばならないといふやうに」と。

史は東京から疎開した三十六歳以降、終生この山国の捕われ人《びと》であったから、自らの魂が死によってこの山峡から解放されたい思いがあった。そして、生涯手放すことのなかった自らの短歌を、風に放って自由にしてやりたいと思ったのも自然のなりゆきであろう。この歌の六か月前に発表した作品がある。

わが手より放ちたるもの鳩の雛・熱気球・いま黄なるかまきり

平成十二年一月「短歌」

「鳩」は『魚歌』に、靴先から飛び立ち午後のま白さ——と歌われて以来、『やまぐに』にも雛を育てる歌がある。若き史の美のイメージでもあり、はぐくむ夢のシンボルでもある。「熱気球」も史の熱い思いに彩られて手放されたものである。しかし今、放つのは衰えた晩秋のかまきりである。毳《ほほ》けかまきりに、史は自分を重ねていたのかもしれぬ。

「表現とは、むなしいものであり、それゆえに、いとおしい人間の作業と思つて居ります」と、『風に燃す』のあとがきで史は言っている。

うつくしき色糸刻み蓑虫に蓑作らしし遊び終りぬ

平成十四年春号「短歌四季」

死の直前、史は、いとおしみ作り続けて来たわが歌に止めを刺すように一首を書いた。「夢すぎて」十五首中の一首である。自らの短歌に自ら終止符を打った史が、潔く、切ない。

史の味覚〈苦味〉の系譜――苦瓜から苦酒まで

二〇〇一年、朝の連続ドラマ「ちゅらさん」が放映され、沖縄産ゴーヤの人形がタイトルにも出て大人気だった。ゴーヤチャンプルーという料理もはやった。食べながら、ふとこれが史の歌の苦瓜なのだろうと思い、

苦瓜はいかに苦からむとも　成熟に向ひゆくは稱ふべきかな　『ひたくれなゐ』

と端書に記して、「ゴーヤと同じものかどうか、また調べます」と呑気なことばを付け加えたら、即、返事。「九州でいう苦瓜《にがうり》――れいしです。おきなわのゴーヤ、この方が苦くないそうですが、おそろしく苦い。ブツブツのある青瓜で、熟れると黄色、中にまっ赤な肉が種を包んでいたと記憶しています。油でイタメテ味噌の味で食べました」と、例の４Ｂ鉛筆の、丁寧な文字であった。病床の師からの説明に、怠慢な不肖の弟子が恥じ入ったことは言うまでもな

い。

もう四、五年も前から、苦味と史との間にただならぬ繫がりを感じ、頭で反芻しはじめていた。

人間の味覚は、うす甘い母乳から始まる。新生児は入浴後に白湯を与えても、何ともまずいと顔をしかめて舌で乳首を押し出してくる。が、やがて甘酸っぱい果汁や薄い塩味、食材の旨味などに馴れてくる。それぞれの家庭にはそれぞれの味がある。この時期に味覚豊かな母親に出会うと、その子は一生味覚に鋭く、食生活を楽しむことができる。

味覚の形容詞には、甘し、辛し（塩辛いのから、刺激的な唐辛子、山葵、胡椒などの辛いのまで）、酸し、苦《にが》し、渋し、歛《えぐ》し、旨し、生臭しなどがある。酸し、生臭しには嗅覚も伴う。最近の子供は、「良薬口に苦し」の薬すら糖衣錠であり、シロップ剤であり、甘味への依存が長く続くが、カレーなどの辛味は早くから好きであったりする。きつい酸味は、大方の子供は、そして大人どもも苦手で、果物も酸味のきついものは次第に排除されていく。昔、「紅玉」という品種があって、焼林檎などにはよく合ったが、今は店頭から姿を消した。酒も一般に辛口よりも甘口が好まれるようである。梅干すら、蜂蜜漬のがある。しかし、味覚には個性があって、「梅干のお代わり」と小皿を私に突きつける二歳の子もいた。体内からの要求もあるのであろうか。味覚もだんだん成長すると、酸っぱさ、苦さの良さが分かってくる。歛《えぐ》さ、渋さ、生臭さは、快く味わうよりも工夫して取り除きたい味覚に属するのかもしれない。

『秋天瑠璃』と、ほぼ同じ頃に出版された馬場あき子の『阿古父』の形容詞を抜き出して一覧表にしてみた。『秋天瑠璃』は五〇五首で、史七十六歳から八十三歳、『阿古父』は四二三首で、あき子六十歳から六十二歳ごろの作である。歌数も違い、年齢も違うので、比較するのは無意味なのかもしれぬが、二人の違いを考えるヒントは多々あった。味覚の形容詞としては、甘し、美味《うま》し、えごし（＝えぐし）、辛し、渋し、すゆし、苦し、ほの辛し、生臭しが出たが、数は史の方が多かった。そのうち、苦しの用例を挙げると、史は、

葬式代すこし貯めますといふときに苦き税吏がふとわらひたり
蕗味噌の香るを食みてさてこれよりいよいよ苦き歌評に遭はむ
ねむる前に胃の腑におくる漢方薬口に苦ければ　たぶん良薬

あき子は、

にがき怒りも黄なる妬みも杳くなる暗黒の齢外《そと》に来てをり
盛岡の草紫堂なる紫根の香にがくさびしく茜さしくも

で、史の「嚙みて吸ふ酸味鮮紅　柘榴《せきりゅう》を吐きすてて鬼子母の味覚を知らず」、あき子の「秋水

の辞世の詩碑をみしのちの土佐の酸橘《すだち》のすゆきさびしさ」を合わせて考えると、あき子の苦し、すゆしは他の心情語さびしや怒りなどと重ねて、より複雑な情感を漂わせている。それに対して史の苦し、酸味はそのものずばりで、単純に押し出される。

まずは、「苦き税吏」という表現が面白かった。「甘き税吏」ならば、少しくらいの脱税は見逃してくれそうな税吏、「辛き税吏」ならば、所得の書類を厳しくチェックするような税吏であり、甘き、辛きはその税吏を客観的に形容する。では、苦き税吏はどうか。史はこの場面を、「苦虫をかみつぶしてうんざりといった顔している税務省のお役人がね、にやーっと笑ったのよ」と語っているが、苦虫を噛みつぶしたような税吏の「苦き」は、税吏そのものの形容であると同時に、対き合う作者にまでじんわりと及んでくるような（不快感のような）ものが感じられる。これは苦味の持つ持続性、曰く言いがたい不快な味わいから出てくるものであろうか。面白く、置き場所によって得がたい味を持つ語である。

なかなかに隠者にさへもなれざれば　雲丹《うに》・舌《タン》・臓物《もつ》の類至つて好む　『風に燃す』

史の味覚は大人の味覚であり、それも洗練された味覚である。明治生まれの母は、外国人に料理を習い、タンを丸ごと買って来て料理したという。趣味人の父親のお蔭で、子供の頃から中華料理に馴染み、ツバメの巣、ピータンなど何でも食べた。父の転勤により各地の味も知った。食卓を共にする来客も多かった。食材多彩な家庭に育ち、その味覚は豊かであった。それ以前に、何より史自身が食欲旺盛な健康体であった。史の短歌には、だから食に関するものが多く、老齢になってからのあの驚くべきエネルギーも、粗末な和食によって養われたものでなく、肉食によるものであったと思う。

土耳古青《とるこあを》となりたる山の四時過ぎにげにすなほなる食欲ありぬ　『うたのゆくへ』
情緒過剰の人といささかずれてゐて我はうなぎを食はむと思ふ　『密閉部落』
ぐじやぐじやのおじやなんどを朝餉とし何で残世が美しからう　『風翩翻』

を見ても、素直な食欲、食への貪欲さ、食への美意識が感じられるであろう。

苦味を好むと言っても贅沢なものだけではない。平成九年四月、「原型」の「編集だより」にもこんな一文があった。「奈良県二上山のふもとから、春の野菜類がおくられてきた。土筆、かんぞう、のびる、芹、その他。そのつくしの太いこと。夜一時まで仕事をし、二時まではかまを取り煮上げてから寝た。翌日の校正日に集る人々に少しずつ味わつてもらうつもり。というのは、長野の人はつくしを食べない。食べたことのない人が多い。少し苦味のあるこのしやれた野の味、知らないのは損というもの」と、苦味に対しては手間暇惜しまないこまめさである。又、同号の新年歌会の歌評にも、「いたい挫折も共有したらうTシヤツの胸のあたりがまだ乾かない（伊藤乙美）」に対して、「いたいは常套的、にがいの方がしぶくないか」と助言している。味の苦しから、言葉の苦しまでを好んだ。

『岩波現代短歌辞典』によると、「にがし（苦し）」『類聚名義抄』にあるので平安時代には使われていたようだが、和歌の用例は見当らない。散文的な用語であったのだろう。近代以降、短歌のなかでもしばしば使われるようになった。一義的には不快な味覚をいうが、広く心情的な不快感や不機嫌や辛苦のさまを指す語である」として、何と史の苦瓜の歌が挙げられていた。そして解説して、「苦瓜の味覚をとらえてはじまり、一字空白ののち、苦さは味覚を離れて人生や生活の辛苦の意味に転換する。味覚はしばしばこのような意味上の発展をするようである」とあった。勿論、苦瓜の苦さは人生の苦さで、それを醸成しつつ成熟に達する苦さに徹した生き方を称えて感動したものであろう。口に苦い漢方薬も、苦い体験の喩なのであろう。その苦さの一部には、苦き歌評とあるように、自分の歌への酷評もあるのであろうが、史の全歌集をひもとくと、その苦さの原点に行き着くことができる。

さらに遡ってみよう。史七十六歳『渉りかゆかむ』にも苦瓜の歌がある。

貝割れの厚葉二つの単純にしてこののちの胡瓜・苦瓜

二葉の単純さは同じなのに、いつからか苛酷な人生を選ばせられる人達がいることを暗喩したものであろう。

　たましひのあそぶ無かりし十余年火の柘榴酸く・魚の腸《わた》苦く

では、その一人が自分であることを歌う。「雪ひととき冬も一期《いちご》と堪へて来て生きつづけたる素手のくやしさ」にも、苦き生が具体化されている。

　鳥が来てちちと遊べるかの繁み人に告げざりし　にがよもぎ原

「残花」と題されたこの一連には、「年号長く長く続ける昭和」や、「おかしな一生でしたね」と会って言いたい父のこと、さらに、

　暗緑の森なりければ秘儀のごと黒き酸き実を育てつつゐる

の一首もある。「にがよもぎ」は、キク科の多年草で山野に自生し、夏、枝の先に黄色の頭状花をつける。傷つけると白乳液がでて、全体に苦味がある草である。人に告げなかったにがよもぎの原、秘密の儀式のように酸味を育てる木の実に比喩されるのは、話すことも出来ない、

心の深みのトラウマなのだろう。

憎しみを生きる力となしし日もそののちも苦《にが》し岩塩の塊

にも、その苦しは憎しみを生きる力に変えた日から、ずっとずっと続くものとして歌われている。この点にも注目しておきたい。

さらに遡って史六十七歳刊の『ひたくれなゐ』を調べてみよう。「明日は見えぬ」の一連に苦瓜の三首が出ている。

われの初夏　神父の掌《て》よりわけられし苦瓜の苗しきりに伸びる
黒衣神父の毛深き腕に土掘りて蒔く・にがうりの種といふを
苦瓜はいかに苦からむとも　成熟に向ひゆくは稱ふべきかな

「われの初夏」と独立させたのは、この初夏が史にとって重要な季なのであり、黒衣神父は、神聖なもの、霊的なものの喩であろうか。苦瓜は神父の手から分けられるし神父自身も手ずから播き広げる。原罪的なものとして表現したのだろうか。『イメージ・シンボル辞典』（大修館）によれば、「にがよもぎ」が出ていて、「absinthe 1この名は without grief（悲しみをこらえて）の意で、そのにがさはいなくなった人を悲しむ気持を象徴する」とあった。苦瓜にもこんな意味もこめられているのであろうか。

陸続と苦き蓬《よもぎ》は育ちつつそこ歩む犬が突如跛行す

の苦き蓬は、こんな西欧的な意味合いもこめて使われたのかもしれない。鋭い嗅覚を持つ犬が、特殊なこの場所を察知して思わず跛行という異常な歩き方になったのであろう。

とこしへに口封じられし夜夜つづき歴史の死者の口辺痙攣《チック》

年月を逆撫でゆけば足とどまるかの処刑死の繋ぎ柱に

さすらひてやまぬことばを追ひゆけば　七月まひる　炎天の黒き蝶

演習の機関銃音にまぎれしめ人を射《う》ちたる真夏がありき

二首は「かげ」、あとの二首は「処刑忌」、七月十二日がその日である。遡ればいつもとどまる一所、死者とともに口を封じられた昭和十一年七月十二日こそ、史が苦瓜への道を歩みはじめた分かれめであったのだろう。

さらに遡り史三十五歳刊『朱天』の一首、

苦《にが》かりしわが若き日と共に古りし家の柱《はしら》よ思へばくるしき

そして史三十歳刊行の『魚歌』にある「濁流」に行きつく。昭和十一年「二月廿六日、事あり。友等、父、その事に関る。」という短い詞書がある。さらに「七月十二日、処刑帰土。わが友らが父と、わが父とは旧友なり。わが友らと我とも幼時より共に学び遊び、廿年の友情最後まで変らざりき。」と記され、十二首の歌が続く。有名なので殊更ここに記さない。

さて、最新刊の歌集、史九十一歳の『風翩翻』には、ただ一首苦味の歌がある。

夢に逢ふ人等のために醸《かも》したり昭和苦酒・平成酸酒

「夢に逢ふ人等」は父であり、二・二六事件で、心ならずも反乱軍と呼ばれ、処刑された青年将校たちである。弁護人も付かぬ軍事法廷で、天皇のためになしたクーデターの真実をあかすことも出来ぬままであった。彼等の遺書を『二・二六事件』で読んだが、そのすさまじさは、しばらく私を茫然とさせた。額の真中を撃たれたデスマスクも出ていた。史の父瀏も、反乱軍幇助の罪に問われ、一切の位階勲功を剝奪された。史は佐伯裕子との対談で、「不意に出てくるんですよ。何回でも出てくる。もう出さないでおこう、歌にしないでおこうと思うのに、年月をおいて突然出てきちゃうの」「あの事件とは一生のお付き合いだ、そう思っています」と語っている。事件の渦のまっただ中にあった父の、一挙一動を、なまなましい言葉を見聞きした作者、その後の激動的な運命を受容してただただ堪えつづけた作者。史の苦味の基点は二・二六にあり、史の二葉はこの時点で苦瓜になった。身をよじり苦さを深めて生きる道しかなかった。

「昭和苦酒」は、長い昭和という時代に醸《かも》された苦味であり、無念やる方のない青年将校や父への手向けの酒である。「平成酸酒」も、昭和が終ってもなお癒されない自分とその人達の饐《す》えた思いであっただろう。史達は永遠に三輪の味酒《うまざけ》を飲むことはない。

おろかなる所業と父を嗤ふあり余塵にまみれ子は生きて来つ
生きてゐる限り降らるるかなしみの雪なりさらば死後も負ふべし

史の歌より

嫉妬

人を嫉《ねた》むことばの何といきいきときららかにあることに驚く　『秋天瑠璃』

史は常識に捉われないで本質を摑み取る。これは史に限らず、すぐれた芸術家に必須の条件であろうが、史の場合は根底から剔り取り、ぐさりと表現する。

嫉妬は陰湿で非生産的な感情である。三木清の『人生論ノート』にも、「嫉妬」と題して、「もし私に人間の性の善であることを疑わせるものがあるとしたら、それは人間の心における嫉妬の存在である。嫉妬こそベーコンがいったように悪魔に最もふさわしい属性である」と書き出す。そして嫉妬はつねに陰険であること、術策的であること、持続的であることを指摘している。

エドワルド・ムンクにも「嫉妬」と題する絵があった。一組の男女が睦み合っているのを背に感じながら、此方を向く男がいる。その眼が薄赤く塗られていた。嫉妬は正面を向いて発散しない。そしらぬ顔をしながら、ちゃんと観察し、計算して相手を引きずり降ろそうとする。その陰険な嫉妬がイメージ化されていた。

とかげのやうに灼けつく壁に貼りつきてふるへてをりぬひとを憎みて　　河野裕子『桜森』

これは嫉妬でなく憎みを歌ったのであろう。憎みは真すぐで純粋である。特に若い女の憎みの、灼けつく激しさ、震えるナイーブな感じがこの歌にはよく出ている。

にがき怒りも黄なる妬みも杳くなる暗黒の齢外《そと》に来てをり　　馬場あき子『阿古父』

黄色という燃焼せんとして燃焼しきれない色で、嫉妬を感覚的に捉えた。あき子らしい。嫉妬は陰湿だと言っても、限りなくエネルギッシュで持続的な感情である。うっかりするとこの感情は、その持ち主をも滅ぼしてしまいかねないほどである。三木清は、「愛と嫉妬の強さは、それらが烈しく想像力を働かせることに基づいている」と述べるが、あくなき想像力に駆り立てられて嫉妬は持続する。そして嫉妬する人自身を、生きている証のように苦しめる。

果てを知らない感情である。

百人一首の「忍恋《しのぶこい》」の歌、「しのぶれど色に出でにけりわが恋は物や思ふと人の問ふまで」と、「恋すてふわが名はまだき立ちにけり人知れずこそ思ひそめしか」の二首が、「天徳内裏歌合」の席に出された。判者は優劣を決めかねた。折しも御簾の奥で村上天皇が「しのぶれど」の方を口ずさまれたので、上意は此方にあると判断、平兼盛を勝ちとした。その後、負けた壬生忠岑は病に臥して死んだという挿話がある。これも嫉妬という感情に押し潰されたのではないかと思うのである。

史のこの歌は、嫉妬の持つ強大なエネルギーと、持続的な想像力に気付き、そこから限りなく産み出される「いきいきときらかにある」言葉に焦点を当てている。嫉妬をじめじめと暗く捉える常識を出て、嫉妬の豊満さ、華麗さ、躍動感を掬い上げたものだ。

最後に、この歌で見落としてならないのは、「……ことに驚く」という自分への引きつけ方である。史はよく、中途半端に介入するな。入るならしっかり入れと教える。「驚く」ということで史は嫉妬の中にしっかり関与した。嫉妬のことばが噴火するように出てくる人間、これは他人を観察した結果とも読めるが、私は作者自身として読んでみたい。

額

額《ぬか》の真中《まなか》に弾丸《たま》をうけたるおもかげの立居に憑きて夏のおどろや

史の代表作。『魚歌』の「濁流」所収。「二月廿六日、事あり。友等、父、その事に関る。」とあり、「七月十二日、処刑帰土。わが友らが父と、わが父とは旧友なり。わが友らと我とも幼時より共に学び遊び、廿年の友情最後まで変らざりき。」と記される。そんなに身近な人の、処刑の面影が夏の日々の起居に憑依したように離れない。「おどろ」は、夏草の生い茂って乱れ乱れた姿で、作者の心象でもある。

「額」といえば脳の前頭葉の部分で、「哺乳動物の高等なものほどよく発達している。運動の統合・言語・感情・意志・思考などの精神作用の中枢部」と辞書に説明がある。額の真中を撃ち貫く銃殺刑は、肉体の抹殺よりも、精神を貫く思想を、意志を容赦なく打ち砕く刑である――と気付いた。「額の真中に弾丸をうけたるおもかげ」の壮絶さは、この点にあるのではなかろうか。

インディアン神話にこんなのがある。この世の初めは、どろどろしたけじめのない広がりであった。手をどう伸ばしても泥状のものに触れるばかり。もがいている手がふと自分の固い額に触れた。その時初めて自分と他との違いを感じた——というのである。自他を識別する身体的部分が「額」ということになる。私ならば、鼻や頬を抓んでも、胸板を叩いてもよかったような気がするのだが。

日本の過去の文学で、額はさして知的な意味を持つことはなかった。信仰の「額づく《ぬか》」が多出し、慣用句の「額を集める」が、わずかに知的である。皺を「額の波」と歌った例もあるが、男女の交情の物語や和歌の世界では、掛かる髪、乱れる髪の場として、額が捉えられることが多い。女性の描写に出る額は、「いはけなくかいやりたる額《ひたひ》つき、かんざし、いみじううつくし」。(『源氏物語』若紫)のように、額の恰好であり、それも「うつくし——かわいい」と、愛の対象として描かれている。「黒髪の乱れも知らずうち伏せばまづかきやりし人ぞ恋しき」(和泉式部)の恋歌の系譜として、明治の「髪長き少女《をとめ》とうまれしろ百合に額は伏せつつ君をこそ思へ」(山川登美子)の歌があったのではないか。西欧のように、額は自己を認識する知的な部分でなく、官能に結びついた場であったように思われる。

近づきて額さびしけれ一木の白梅三分ほどの明るさ　　雨宮雅子

おやっと思った。白梅に触発されたさびしさ、そんな清新な気分を感じる額が歌われている。「聖水のつめたく触れし秋の日をおもひつつゐて額あつしも」とも歌う作者である。洗礼の時にしたたらせる水によって啓かれた額という感じがする。前述のインディアン神話の系譜にある額である。西欧の人達は私たち日本人よりも敏感な額を持ち、精神的なものを額で感じ、考えることが多いようだ。

「万緑やわが額にある鉄格子」（橋本多佳子）や、「わが額に嵌むべき星かみんなみの森の異形は暁に見つ」（前登志夫）なども額を精神の場としている。史の「額の真中に」の額に強い衝撃を受け、「額」について考えさせられた。考えれば考えるほど面白い。もうひとつ、うって変って、好きな史の歌がある。

額も鼻も寒き夕よぼたぼたの人情のごとき熱粥つくれ　『渉りかゆかむ』

理性も自我も捨てて、粥の湯気に濡れたくなっている、ある日の作者が実感として迫る。

藍と明治の女

形見となりし本藍染は洗へども執念《しふね》く出づるその藍の色　『秋天瑠璃』

史は決して手放しに自分の感情を表出しない人である。「形見となりし」と二音の字余りに、さりげなく詠嘆を込める。次の一首が母の歌なので、母の形見の藍であろう。

執念く色の出る本藍染は、執念く生きたその母の生の象徴かと思われる。「したたかに搾りあげられてわが浴衣《ゆかた》がしたたらす化学染料の藍」と詠んだ史は、本物と偽物を判別する厳しい眼を持つ人である。その母の生は正真正銘の藍なのである。

藍は飛鳥時代に既に中国から伝えられ、染め継がれてきた。古代は山藍を用いたが、今は蓼藍を建てる。甕の中で発酵や還元の過程を経て、藍の成分を醸成する。白布を浸すと始めは茶色っぽい緑であるが、上げると空気に触れた部分から縹《はなだ》色に変わる。それを水に打たせ、干して風の中で叩き酸化を促す。藍、水、風とひたすらに繰り返し、次第に色は深まる。そのグラデーションは、甕を一くぐりした甕覗き色から、水浅黄、浅黄、白縹、水縹《みはなだ》、次縹、中縹、深縹、さらに紺、濃紺と、限りない広がりを見せる。どの段階も美しいが、染めているとさらにさらに深く染めたい気持ちに駆られる。額《ひたい》で染めよ――と教えられ、深く俯いてあくなき執念で染め上げていく。色止めには酢酸を用いるが、洗うたびに藍の色は出る。染めた執念だけ出る。「執念く出づるその藍の色」なのだが、色が落ちればまた洗われた美しさがある。

「その藍の色」と体言で止めて、史はその色を味わう。「メヒコ、トナラの厚皿の藍・日本の藍と重ねて真夏の厨」という一首もあって、これは陶器の染付の藍であるが、日本の藍への、史の思いは深い。

藍恋ふればをののくばかり身の緊《しま》る　罔象《みづは》かわれのふるさとの神　『渉りかゆかむ』
夏草のみだりがはしき野を過ぎて渉りかゆかむ水の深藍　同

この代表歌を読んでも、史の生は〈藍恋ひ〉の生であり、遡れば藍、目指すも藍である。史は藍の流れの中に生きる。藍は涼やかにして身に沁みる優しさの色であるが、濃くなれば緊張と禁忌の厳しい色になる。

史は母について、「両眼失明後十余年老耄の果の九十一歳」と記し、対談でもこう語っている。「『私はもうこれでだめでございますからお薬をください』自分で命を始末したくなったんです。そういうところが明治の女ですね」「きちんとした人で熊本の暑い真夏でもちゃんと着物を着て、帯をきちっと結んでいないと気のすまないくらいの人だったの。だからよく辛抱したと思いますよ。きちっと坐って真暗な中にいる」「言葉遣いは正しくていねいで、おしまいまで変わりませんでした。身についたものだったんでしょう」と。

かすかなるゐまひ絶やさず西洋剃刀《かみそり》を革砥《かはと》に研ぎて母は居たりき　『秋天瑠璃』

盲《めし》いて暗黒の中に座しても、外貌はあくまでもにこやかであり、裡には研ぎ澄ました神経を屹立させていたのが史の母である。それは同時に、由緒正しい明治の女の、本藍染の生き方ではなかったか。

疲労困憊の十余年の看病、その間の生《なま》の感情は、母の死後十二年の歳月に洗われた。しかし母のイメージは、却ってすっくりと時の流れの中に立ち上がってきた。明治の女、母の藍色のしたたりから逃げ切れず、史の生もまた藍色に染められていくに違いない。

史の冬『やまぐに』

齋藤史全歌集の重みは、史の人生の重みである、どこに手を掛ければ巨大な時間が崩せるのか。何を書いても蛇足でしかない。ならば、私しか知らないことから書こう。

全歌集の最初に著作十二冊の写真が出ている。中でも懐かしいのは『やまぐに』である。昭和二十二年五月、引き揚げて来た京都で、臼井書房に就職した。四季派の詩人臼井喜之介が店主で、戦後いち早く詩誌「詩風土」を出した。一方、坪野哲久『新宴』、三好達治『砂の砦』、石田波郷『風切』、橋本多佳子『信濃』などの詩歌句集も次々出版していた。京大北門前にあり、隣りは有名な喫茶店の進々堂で、文化人、京大生が屯ろする場所、そんな地の利もあった。もうけるよりも詩歌に携わっていたい店主の、小さな出版社は活気に溢れていた。「詩風土」には前登志晃（登志夫）も参加している。買い求めに行った私は、事務員募集の貼紙を見て、その場で雇ってもらった。

『やまぐに』は二十二年七月刊である。勤めてすぐに店頭に並んだ。三色刷程度の単純なデザインで、一・五センチぐらいの厚み、漉き滓が混じっているざらざらの粗悪な洋紙であった。が、来る日も来る日も注文が入り、忽ち店頭から消え、裏の倉庫にも無くなった。ひっきりなしの個人注文にも、「売り切れました。申し訳ありません」と丁寧に返事を書くのが、私の仕事始めであった。一段落すると再版の問い合わせ、その返事にも忙殺された。戦時下教育の十八歳は「齋藤史」の名も知らず、『魚歌』の栄光も知らず、ただただ断り状ばかりを書いた。なぜ再版しなかったのか。後日聞いた話では、戦時中の配給洋紙を溜めて出版したものということで、再版する紙はまだ不自由だったらしい。出版物は惜しげもなく呉れる店主であったのに惜しいことをした。何百冊もの『やまぐに』を、この手で持ち上げながら、貴重さに気付いた時は、すでに幻であった。

史の人生は、運勢学の「逆運」なのか。春から終熄の冬にもどり、収穫の秋、栄光の夏と逆展開して行ったように思われる。だから現在の史は夏なのだと思っている。

白い手紙がとどいて明日は春となるうすいがらすも磨いて待たう　『魚歌』

山の手町がさくらの花に霞む日にわが旅行切符切られたるなれ　同

と透き徹るほど感覚を磨き、華やかな出発をした『魚歌』は、未来を待つ春の歌集である。しかし、史の生涯の暗さとなった二・二六事件を経て、太平洋戦争へと歴史は流れる。もっと奔放に堂々と自己を表出できる夏の季節を迎えるはずであったのに。昭和十五年の作品が主の『歴年』のあと、十五年末から十八年初めまでの『朱天』になると、戦争に翻弄される時代が来る。史は戦争時の作品を「おのれが過ぎし生き態なれば」と、全歌集から削除しなかった。その時代も暗い抑圧の時代ではあったが、『やまぐに』ほどに冬は極まっていない。

昭和二十年、戦火を避けて史一家は長野市へ、さらに善光寺平の片隅長沼村の林檎倉庫の一間に移り住んだ。「敗れゆくもののかなしみとも、疎開者のかなしみともわかちがたく、とほくに在る美しいものばかりが恋ひ思はれて、飢ゑながらに『杳かなる湖』の一連を書いた」と、未刊の歌集『杳かなる湖』の後記に、その頃の心情が述べられている。『やまぐに』はそのあと、敗戦の二十年冬以後、二十一年冬前までの歌文集である。「酷寒四首」から始まり、「冬近む」の章で終わる。象徴的な冬の歌文集である。

雪積りまた雪つもり音もなし心を繞《めぐ》る冬いよよふかき　『やまぐに』
氷の下の魚と生きつぐ日夜にて寒冷の中になほ瞠《みひら》けり　同

巻頭二首に閉塞感はすでに集約されている。『魚歌』で水を得た魚は、ここでは氷の下でただ瞠くしかなかった、史に出会えば、その適確で巧みな話術、朗々たる音声と正しいアクセントに魅せられるが、その散文もまた自在であり、細やかに行き届いている。十二編の文章がその頃の、史の生活の一端を、心の襞まで見えるように伝えてくれる。「環境」「日ぐれ」「乾く」と、山国の林檎倉庫での暮らしの厳しさが語られる。あくの強い「牛蒡」ばかり食べる毎日、つくろい物の山に向く「しごと」、もう少しらくなくらしをというだけの「いのり」などに、希望のない日常がさらりと軽く描かれる。生き物好きの史の面目が躍如とするのは「球根」、「動物」である。「こころおぼえ」と題され、「視覚だけに語らせず聴覚だけに語らせず、まして言葉だけに語らせず、空間がうたふやうにありたいと思ふのだが。——」と、短歌の本質にきらりと触れた一文もある。

わが上に夕べひろごる山山の高くきびしきかげの冷酷《つめた》さ　『やまぐに』

わざわざ「冷酷」を「つめたさ」と読ませる環境で、「なほ瞠《みひら》けり」というしぶとい史の生き態が貫かれている。『やまぐに』は雌伏期の一冊で、以後の史を多く示唆している。

草の実はこぼれて止まずまかせたるいのちの前に手をつきにけり　同右

最終歌は、自然の運行にまかせたいのちへの畏敬を歌っているが、これも史を貫く基本的な姿勢であり、さまざまな素材で歌い継がれ、全歌集の最終歌に流れ入る。

思ひ草繁きが中の忘れ草　いづれむかしと呼ばれゆくべし　『秋天瑠璃』

敗戦は厳しい現実であったが、自由な表現に、美しい韻律に長く渇いていた心は解き放たれた。「新しき詩歌のとき」の再来に歓喜した人がいかに多く居たか。詩歌の出版に情熱を燃やしたわが店主や、それを奪い合うように求めた人々の、すさまじいまでの詩歌への渇望を、『やまぐに』で思い返した。この酷寒の歌の韻律は当時の人の心の行間で、どんなに深く美しく奏でられたことであろうか。

立ちはだかる壁——史の歌会

友に誘われて入った京都の小さな結社、月に一度の歌会に誌上の自分の歌の批評を主宰から聞き、「ありがとうございました」とお辞儀をする。これが習わしであった。京都歌人協会にも所属。年刊歌集の批評会で、ある年、寺田由紀夫氏の歌評に当たった。今までになく新鮮で明確だった。齋藤史の結社「原型」の同人とのこと、初めて、日本歌壇の端っこのようなものに触れた。

昭和五十六年五月、たまたま京都で開催された「原型」の全国歌会を見学させてもらった。陪聴の席は後方で、画然と仕切られていた。前方の歌会は遠くの雑音のようであったが、史の姿は凛然と際立っていた。丁度、彼女の『ひたくれなゐ』が歌壇を賑わしていた時期である。昭和五十七年に「原型」に入会。初めて会員として出席した五十八年七月の全国歌会は東京だった。「初参加の記」を依頼された。

「勉強しないままでは、とても出られない歌会よ。という先輩の忠告があり、とりあえずノートを作り出詠歌を写す。思い付きの感想、知らない語句の意味を羅列してみたものの、まだ心もとなくて、新幹線の中でもお勉強、史先生の挨拶に『日本中に通用するだけの短歌を作ってください』とあったが、確かにここは全国的な短歌のレベルにいどむ会なのだ。突然の指名にもたじろぐ人は誰もいない。堂々と顔を上げて考えを述べる。中高年の女性の世界では、まだまだ自分を主張することや、人の考えを否定することが悪徳のように思われる向きもあるのに、甲論乙駁。周囲のノートの部厚さを横目に、自分のノートの貧弱さに気付く。出詠歌は、未熟も熟練も、何らかの試みがなされ、その作者の意図を読み取ろうと執拗なまでの意思交換がなされたのは、『原型』らしさとして感じられた。まとめとしての史先生の寸評は、明快な決断として響いた。しかも、その中に短歌の本質を示唆していられ、ずしんと多くの課題が肩に背負わされた」と記し、これまで体験した歌会とのあまりの違いに驚き、いたく感動している。

この東京歌会は、私が体験した「原型」の歌会の中でも最高に充実した会であった。「明治及びそれ以後の短歌」と題して、前回よりの続き第三回の史の講話があり、夕食後も三つのテーマが設定され、興味ある分科会に参加して話し合う。翌日は東京の文学名所にグループごとに案内される。私は湯島天神や三四郎池に行った。帰りの挨拶に、史は優しく、「遠い所から来て下さって、いいご意見をありがとう」とにっこりされた。その喜びが、次の作歌の力になった。今も鮮明に残っている一首がある。

白毫は風みちの果ていましばし時間を游ぐおおぎんやんま　　對馬恵子

寺田由紀夫氏は関西より出席したわれわれの世話役。「私など五十回も手を挙げて意見を言っていたが、当たっていたのは五、六回。けれど、発言してみて初めて間違いや読みの浅さに気付く。黙っていて気付くのとは違って身に沁みる。だから、皆もどんどん手を挙げて……」とけしかける。

折紙の雛の女男に目鼻なしわれと並びて春の日だまり　　小原松子

この作品の「目鼻なし」が問題になった時、思い切って発言した。「『荘子』にも、鯤という大きな魚がいて、目鼻がなく、九竅を穿ってやったら彼は死んでしまったとあります。目鼻がない茫洋とした長閑さがとてもいいと思います」。史の顔がにっこりと頷いてくれた。それがお別れの言葉の「いいご意見」ということだったのか。私の提出歌は、

待てる眼へ膨らませやるゴム風船吹き入れしは嘆きばかりか知れぬ

「よく分かる歌。待てる眼とうるさくしないで、単純に待てる子。作者の言いたいことは下句にあるので、下にウエイトを掛ける。嘆きばかり――はいかにも短歌らしい発想だがあえて明るく歌うこともあるまい。歌は古来、スローガンや鬨の声にはなりにくく、嘆きの部分を背負っているもののようである」と、少しお負け付きのやさしさであった気がする。

史の教えを直接聞けるのは年二回。全国歌会と、長野市である新年歌会である。全国歌会は、博多・軽井沢・犬山・名古屋・高岡・神戸・倉敷などと信州各地、二泊、三泊で、文学名所めぐりもセットになっていた。新年会は善光寺のほとりのホテルなので、冬は七時からの朝の勤行に参加する。大僧正がしゃがんで手を合わせた頭の上に数珠を置いて下さる。「特急しなの」の夜行で四時、長野着。雪の積った凍てつく参道であった。

アララギの安居会の末席に居りしは昭和三年茂吉先生の御ゆるしを得て　『風翩翻』

昭和三年十九歳「アララギ」に短期入会。斎藤茂吉の許可を得て、熊本県阿蘇山湯の谷の第三「安居会」に参加。最年少であった。中村憲吉、土屋文明……らが出席。

すさまじき歌評天雷の如かりし壮年の土屋文明先生憶ふ　『秋天瑠璃』

壮年の土屋文明すさまじくその歌評一刀両断なりき　『風翩翻以後』

史は晩年にこう歌って、過去の厳しい修行のような歌会を回想する。特に土屋文明のすさまじき一刀両断の歌評は忘れ難いものだったようだ。これほどまでは行かなかったが、史も春雷ほどには怖かった。凛々と響くお叱りが天くだって来る。「新人も古いもない。みんなの顔を見て気軽に話そう」と優しく促してくれるのだが、背の曲った老齢といえども甘えは許されない。「しっかり顔を上げて、皆に聞こえるようにおっしゃい」「それは歌の意味でしょう。あなたはこの歌をどう思っているのですか。批評をおっしゃい」「批評するということは、自分がその作者になり代わって検討してゆく。本当ならば、ここはこうしたいという案を握った上で喋ればほんもの。希望、願望では無責任になります」と叱声が飛ぶ。

ハイハイと手を挙げて五十回も発言、史の考えとの違いを確めたという先輩に倣って、私も立ち上がり、史の顔を見ながら、そろりそろりと言い始める。うんうんと頷いてくれるので気を許して続けると、忽ち表情が険しくなる。「しまった、ここはまずかった」と気が付いた時は、既に遅し。それでも懲りずに発言した。発言もこの様であったが、自分の提出歌はひどかった。私にしてはその時点での最高のもので、用心深く構築してあるのだが、木端微塵で、会員らの眼も鋭かったし、ましてや、史の眼をごまかすことが出来なかった。毎回、深く深く落ち込んだ。

結社の主宰というのは、大きな壁のようなもので、私の前に立ちはだかる。打ち込んだボールを事もなく撥ね返す。無言でもいい。そこに居てくれるだけでいいのだ。

白壁に誰《た》が影もなし打てば返る史の寸評鋭かりにし

史追悼の私の一首である。無くなって壁の存在を悟った。
史生前の歌会は、壁としての存在感は勿論のこと、打ち返される直球、変化球によろめき、とまどいつつも、真っすぐ史を信じ、付いて行くことしか考えなかった。敢えて未熟な私の歌を挙げて、その教えを記してみよう。

植物図鑑とせし父あらず雑草は名を失ひしままに茂れる　（昭和六十一年）

「植物に詳しい父の」と手順を追って行かないと父親が生きている内に図鑑に化けてしまう。「雑草は名を失ひ」を生かすならば、「わが」を入れて、私の上に於いては……としないと、この原作では嘘を言っている事になる。

お下げ髪の少女の行方知れぬまま野に紋白蝶生まれしニュース　（昭和六十二年）

お下げ髪と初句の出方がのんびりと大正的である。ニュースと出たから「誘拐」となる。大正ロマンかニュースの方が重たいのか判からぬ。

ミロ描くマルのユーモア　新生児の歪みとりどりの頭が並ぶ　（昭和六十三年）

上句がオチになっている。それが解からないと下句が解かってこない。こういうものを自由にパッパと繋いだ面白さ。

張り出せる寒冷前線受け止めて撓む列島　水仙花咲く

四句まで無難。結句の効果に何を持ってくるかが工夫のしどころ。

いくたびか時雨洗ひし空の色かかる夜シャガールの女は翔ばむ　（平成二年）

感覚を大事にした歌である。いくたびかは秋から冬の季節的なものか、一日の中の事か分からない。シャガールに預けすぎで作者の責任が頼りない。一つのチャレンジでしょう。

幼らの眠りは深し樋といふ樋を奏でて春雨の音　（平成三年）

美化しすぎ。言葉の技を見せず率直に真実に迫りたい。

あけぼのの杉落ち葉はげしき下に立つ　行き急げるは生き急ぐこと　（平成四年）

上句と下句の間、思い入れで繋いでしまった。

春の陽に埃浮き立ち生き直しもならず引きゐる逆引き辞典　（平成五年）

機知的な面白さはあるが全体的に軽い印象。

朝顔の紺の露けさ抱き取りし隣の女童《めわらは》ふゆふゆ肥えて　（平成六年）

日本語には感覚敵な形容語が多い。このふゆふゆは作者の造語だろう。やたらの造語はいけないが、読者に受け入れられれば良い。ふゆふゆは作者がかなり考えたものだろう。

椎の花ふかぶかにほふ木下闇縄文の壺ほどけゆくべし　（平成六年）

縄文の文様と取るとほどけるはあり得ない。作り方とすれば粘土を紐状に積み上げていく。どちら？

ひえびえと暮れし盆地は藍の壺わが重心のかすか揺れゐる　（平成七年）

「器を近江と言へり」と言った河野裕子の歌を思わせる。壺は小さく、コチンとしているので、甕の方がよい。藍甕などの例もあるしスケールが出る。２・４・５句で良いものを捉えている。

遺伝子を組み替へブルーのばら作る試みありつ　春やあけぼの　（平成七年）

これも結句が手品。ここまで飛躍さすのは一段深いテクニック。同じ五句を種《たね》に色々の使い方がある。

八重咲の水仙にほひひとしきりかぷかぷかぷと水を飲む子よ　（平成八年）

八重咲きでなければならないか。ひとしきりで区切りをつける意味は何か。上句しっかり座っていない。オノマトペについては五月の大会で触れたい。

しなやかに両腕動き大空に掛けたるシーツの点画正す　（平成八年）

点画のイメージは黒色、シーツは白色。その形を正したのではないか。短詩型においては細かい神経を働かせたい。

去りがたき平城宮址　縹《はなだ》地《ぢ》大唐花文《だいからはなもん》錦《にしき》残闕の日暮れ　（平成九年）

ここに錦の残闕があったわけではない。奈良文化の切れ端を味わったのか。手の内が少々見えてしまったが、さりげなくすると面白い。

花びらの朱《あか》透くばかり罌粟ひらき夜明け見し夢もう思ひ出せぬ　（平成九年）

罌粟はうすい花びらのコクリコでひなげし。罌粟という鮮やかな朱を広げたのが特徴。おしまいを夢でぼかして広げた。薄いものはぼかしやすく広げやすい。割と上手くいった。批評者の発音、罌粟のアクセントに注意。（平板アクセントで頭高型ではない）言葉は意味にも音にも敏感でありたい。

他界よりのまなざしならむ肩に胸にアミーバーのやうな木洩れ陽　（平成十年）

上半分は虚の歌。下は実の歌で一首を作っている。アミーバーは原生動物だが、それを木洩れ陽に。直喩でゆく人とゆかない人あり。近松門左衛門は、芸術は虚実皮膜の間にあると言った。人間は地べたを歩くが飛躍を願う。地べたにべったり着いていては飛躍はなく、飛んでばかりでは嘘になる。虚実をどう繋ぐかを問題として頭の中に置いておく必要あり。

哀しみの極みにいつも聞こえくる　さくらさくらのソプラノの声　（平成十一年）

バナナボートを唄うベラフォンテのさくらさくらが出てくる。それには民族の哀しみがあった。ここではソプラノで韻かせた。外人は意味よりも音で捉えるので、日本語が非常に美しく響くことがある。（これは余談）桜は鬱然として盛り上がるもの。そこがソプラノには合わないと感じるところもあるが。メゾソプラノか、その辺まで読み取りのできる読者がいることも事実。作者うかうかとしていられない。

二人ゐてなほさびしくて夫は絵筆われは編み針をことりと置きつ　（平成十一年）

二人ゐてなほさびしくて、これは意識して「て」を重ねたのか。そこを聞きたかった。「二人ゐても」と「も」を入れると「て」の重なりは避けられるし、意味も強まりはしないだろうか。ある空気と感情が良く出ている歌。

打ち込んでも打ち込んでも、びしびしと返される球。それも右に左に、ネット際におとされたかと思うと、コートぎりぎりに。まあまあ肯定されたのは、「罌粟」の一首ぐらいであったか。

平成十年の全国大会には、司会が当たった。先輩たちは、自分の意見も入れて適当にまとめながら、巧みに次の歌へ移る。三首まとめると先生に講評をお願いする。手なれたものだったが、初めて史の隣席に坐ることさえ、緊張である。その上決められた時間内に納めなければならない。もたもたしていると、史が、「急がなきゃ全部終わりませんよ」と幾度も。意見のない私には好都合でもあったが、何と、「では次の歌に移ります」を繰り返すだけの役目であった。ただ、収穫はあった。すぐ横に史の歌稿がある。びっしり細かい文字が書き込まれていた。史は度の入らない眼鏡で、ルーペを当てて一首ずつ確認している。史ほどの人が、これほど念を入れて調べ上げて書き込みをしてあっても、発言するのはその何十分の一でしかない。

歌会が終わり、私は呆然と史の横にいたが、はっと気付き、食べる間もなかったお八つをかかえて立ち上がる……と、史から「石川さん」と呼び止められた。紙包みのお菓子がぱらぱら畳の上へ。「これ使ってちょうだい」と一枚のハンカチを頂く。私にだけでなく、史はきっとこれまでの司会者にも、こういう心遣いをしていたのだ。唯一の形見となったハンカチは、今も仏壇に供えてある。

平成に入って史は八十歳を越えた。ヘルペスの後遺症で右手が動かず、4B鉛筆を手に括り付けて文字を書く。リハビリをしなければならず、歌会も遅れて現れるようになった。さまざまな短歌賞、芸術院会員、宮中歌会始召人、京都宇治の紫式部賞と多忙な名誉が、追い討ちをかけて、体調が定まらなくなった。歌会の欠席がさびしかった。しかし、姿を見せると、「生きている限り前の方へ足を出しましょう」と張りのある声。平成十年になると、「九十歳の大台を過ぎまして、まだともかくも生きております。生きているうちは何かやります」と力強い。「私は全部の作品に書き込みをし質問に答える用意はしてきましたが、仕方がない。お役に立つところだけお取り下さい」と潔い断念の言葉が出た。「九十歳になってみると、口は達者でも足が参るのも事実で、自分の身一つ生きるということが、どんなに重いものかと感じられます」と本音も話された。

平成十二年の全国歌会（信州戸倉）では、病室で点滴を打ちながら歌会の原稿を見たと言われ、そのあと、乳癌の手術だった。平成十三年、戸倉の全国歌会は、長男夫人に車椅子を押されて、三時頃入場。二月六日に七時間を越える乳癌リンパ節手術後、血液が薄く入退院を繰り返し四度目の入院。外出許可を貰って来たので、夜、病院に帰ると言う。その時の面白くて悲しい話。

九十になっても死なないでしょう。そこで息子に「こんなものがあるよ」と言いました。じゃあ放ってもおけないということで、薬飲もうか……。それから始まったんです。去年の大会のすぐ後で。その古い根っこをまず取りました。それで片がつくかと思ってると、そうはいかない。おかしいの。こちらが薬飲んでフニャーとなっていると癇も大きくならない。取ってしまったからしんとしているの。抗癌剤というのは、あれは半分は毒で白血球は減るし、とにかく体力をつけようと、食べろ食べろと一生懸命食べました。そして本人の宿主が栄養がよくなったら、居候の癌があばれ出して、皮膚を突き破っちゃった。そうするとね、家にいられないのよ。ガーゼの交換をしなくちゃならないし……。病院で外出許可をもらって午後出て来て、また病院に帰ります。ご一緒できましたから安心して下さい。生きている間は生きています。大丈夫です。

退出の車椅子に付いて廊下を走った。握手した。温かい手だった。

齋藤史の「橋」非在への道――戻り橋から夢の浮橋まで

ゆめの浮橋非在にかよふ道あらばこたびこそ人に遅れずゆかむ　『風翩翻』

「こたびこそ」の時が来た。全国紙夕刊に一せいに史の笑顔があり、「四月二十六日午前四時四十二分死去」と報じた。十日以上も桜の開花が早かった平成十四年、その桜を追うかのように史は発《た》った。

ふたひらのわが〈土踏まず〉土をふまず風のみ踏みてありたかりしを　『ひたくれなゐ』

風を踏んで史の土踏まずは、白くひらひらと春の暁の虚空を昇って行った。
死に臨んで、史の意識はどうだったのだろう。この世のことが朦朧として、たえだえになって、夢の浮橋を渡ろうとする、峰に吹き当てられた横雲が左右に分かれた折も折、一筋の道が開けた。その一筋を風に乗って、非在の世界へと、恍惚のうちに飛び立ったのであろうか。

白鳥は白き夢みる大虚《おほぞら》の空《くう》やゆめみる　いづれ漠々　『風翩翻』
皓《かう》と鳴き恍《くわう》と応へて夜をわたる鳥のみが知る空の中みち　同
雉鶏《ちやぼ》抱いてとりも私も目をつむる風に乗りゆく夢をみるため　同

鳥のみが知る道を感得して、常に風に乗りゆく夢を見ていた史は、その風に乗って旅立ってしまった。

「ゆめの浮橋」には、周知の歌がある。

守覚法親王、五十首歌よませ侍《はべり》けるに――藤原定家朝臣
春の夜の夢の浮橋とだえしてみねにわかるるよこ雲の空　『新古今和歌集　春上』

「浮橋」は、水上に筏を組んだり、舟などを並べて橋にしたもので、渡ろうとして踏むと動く不安定な橋である。春の夜の夢がとだえたことを上句で言い、下句は実景とも取れるが、夢かうつつかの状態の暗喩かとも言われている。

この歌には、「風吹けば峰に別るる白雲の絶えてつれなき君が心か」（『古今集　恋二』躬恒）が下敷にある。さらに『源氏物語』の最終巻名の「夢の浮橋」も思われる。『古今集』の本歌に、この物語のロマンをも加えたのがこの定家の「夢の浮橋」であるから、言わずとも男女相逢うの花の夜を思わせ、目覚めの名残り惜しさに、別れの切なさをも加えた華やかな一首であったのだろう。史の「夢の浮橋」にも、それを渡るときの名残り惜しさや、飛翔の恍惚感が読み取れるのではなかろうか。

この橋を史は「非在にかよふ道」と言い直す。「非在」は、在るにあらざる物や人、世界であり、こんな一首がある。

非在のもの常に恋ひつつ古鍋の歪《いびつ》となりしまで生きて来ぬ　『風翩翻』

史は「非在のもの」を常に恋う人であり、「非在」を「透明」という視覚に置き換えもする。

われは透明なる魚を飼ひたり在るとても在らざるとても人知らぬ魚　『風翩翻』

この魚は存在するとも、しない（非在）とも言えないが、どちらにしても他人には見えない透明な魚なのだ。しかし確かに自分が飼っているから、私には実在するのだと歌う。

透明となりたるわれの死後しばらく裂きし襤褸《ぼろ》のごとく歌引きずらむ　『密閉部落』
これを登るよりほかなしと決めしよりわがたどりゆく透明階段　同

この二首にも、「透明」という語で、非在の自分・非在の世界への階段が歌われている。非在への道は、この世とはどんな関係にあるのだろうか。

地続きのやうに見えくる時あればあの世かならずしも悪《あ》しからず　『風翩翻』
世紀末世紀のはじめ段差なく　蝸牛《かたつむり》古き板塀を這ふ　同

「地続き」は境界線がないこと、「段差なく」は何の落差もなく平面移動できることだが、非在の世界は、時間的にも空間的にも、この世から平行移動して行き着ける世界ではない。意識の段差が必要である。とぎれとぎれの危うい浮橋を一気に越えるという飛躍が要《い》る。その彼岸に、非在の世界があり、非在の物や人が実在する。

非在の人は死去した人であるが、史が特にイメージしていたのは誰だったのだろう。

めつぶれば非在のもののわらふこゑ　遠音《とほね》さすなる空の風笛　『ひたくれなゐ』

消されたる千万の鬼の魂しづめきさらぎの雪花なして降れ　同

歴史の陰のくらきあたりをさまよひて廻る音ありしぼる声あり　同

戸隠山の鬼の伝説から作歌したと前書がある「鬼供養」から三首を抄出した。ここでは鬼が非在のものである。伝説に現れる鬼とは、日の目を見ないで此の世から抹殺された怨念の象徴である。しかし、「きさらぎの雪」と言われれば、おのずと具体が見えてくる。二・二六事件で処刑された若き将校たちである。

歴史とてわれらが読みしおほかたもつねに勝者の側の文字か　『秋天瑠璃』

ここにも「歴史の陰」が見える。彼らは天皇のためと思い決起したのに、その天皇が下した「賊」の判断で、反乱軍として追討され、弁護人一人付かない軍事法廷に引き出され、死刑が決定。しかもその後すばやくひそかに処刑された。若き将校の中には、史の幼な友達も居た。そして父の瀏も彼らを幇助したという罪で禁固、位階勲功のすべてを剝奪された。昭和十一年、史二十七歳。誇り高い将軍の娘には苛酷な事件であった。

おそろしや言ひたき事もまをさずろげにはびこれる夏草の色　『魚歌』

史は医者の妻でもあり、近・現代の科学にも敏感であったし、特定の宗教にも無縁であった。が、魂の存在を直観する巫女的な資質を持っていたのだろうか。道浦母都子との対談でも、御歌会始に召人として昇る宮中の大階段の「後ろの広っぱに軍服の軍人さんたちが並んでるなって気がした。おかしいでしょう。私が自分で思ってるからそんな気がするだけなんですけれど」と語ったり、「人間の死に際に何か合図をしたら通じるものがあるかなと思ったりする」と、控え目ではあるが、霊を感じることを述べている。

「夢の浮橋」を渡れば、父や二・二六事件の将校たちの居る世界がある。今度こそ人に遅れずに行きたい――と、史は嬉々として飛び立ったに違いない。

史の「橋」の歌は、全歌集に二十首ほどある。中でも秀歌としてよく取り上げられ、史自身も自選二百首に入れているのが、

人も馬も渡らぬときの橋の景まこと純粋に橋かかり居る　『密閉部落』

である。ついつい目を奪われるのが橋を渡るもろもろである。が、それをすべて取り除き、「まこと純粋に橋かかり居る」と、橋の用途を明確に示し、橋の象徴性に迫っている。

民俗学者大森亮尚氏の「橋の文化考」（「ｈｉｒｏｂａ」一九九三年一月号）に、「ハシは端末

を意味する端（ハシ）と同じであり、この世の先端でもあるのだが、そこは同時に遥かなる彼方へとつながる接点でもあったわけである。つまりハシとは此界と異界、この世とあの世を結ぶ接点をあらわすことば」と語源的説明をし、「二つの世界、二つのものを結びつけるのがハシならば、階段、梯子という垂直方向に利用する道具もそうであり、食物と口とを結ぶ箸、鳥の嘴《はし》（くちばし）などすべてがハシなのである」と言う。このような上下左右の方向を繋ぐハシまで取り上げれば、史のハシの世界をもっと広げもし深めもできるであろうが、これは後日に期したい。河野裕子の「眠りゐる汝が背にのばすわが腕を寂しき夜の架橋と思ふ」にあるように、人に伸ばす腕や手も、心理的な橋と考えられる。

この橋が異郷への出入口であるという考えは、遥か古代からあり、『古事記』の「天《あめ》の浮橋」という天上界から地上へ架かる橋や、因幡の白兎がワニを並べた橋は、古代の「船橋」という渡河技術が背景にあることなどが続いて説明されている。「夢の浮橋」も「船橋」と関係するのは勿論であるが、「天の浮橋」とも関連があるのだろう。天空に浮かぶ橋は具体的には何なのか。虹などが浮かぶが、まだ分かっていないということである。

又、作家高城修三氏も、「文学における橋」（同前）で、「橋は彼岸と此岸を結ぶものである。それはあちら側とこちら側を空間的に連結するという以上に象徴的な意味をもっていた。こちら側には既知のものがあり、現実があり、この世がある。それに対して、あちら側には、未知の物があり、非現実の世界があり、あの世がある。この二つの世界を隔てているのが川である」と言い、「それを越えて彼岸に到達するためには何としても橋がなくてはならなかったのである。彼岸と此岸を結ぶために架けられた橋は、本来、越えることができない間隙を越えるものである。橋を渡ることは恍惚と不安が一つであった。橋はあの世とこの世、虚と実、非現実と現実の架け橋だからである。そこは想像力と神秘に満ちていた」と発展させている。虚実の間、非現実と現実の間といえば、まさに文学の世界はそこにある。史もまたこの二つの間を、誰よりも激しく往き来した。橋を越える想像力の飛躍も並はずれていたし、神秘性も深く持っていた。

永田和宏氏も、「人も馬も」の一首を評して、「機能を置き忘れた橋の茫然とした〈時間〉の美しさを捉えたものだ」と、その象徴性に注目している。

ここで上句について考えてみよう。「人も馬も渡らぬ」と否定しているのだが、「人」と「馬」を表現してしまった以上、人と馬を渡している橋が必然的に見えてくる。人は分かるとしても、なぜ馬がイメージとして通りすぎるのであろうか。

この歌は『密閉部落』所収で、昭和三十四年、作者五十歳の刊行である。

農婦にもなり切れねば村境より放たれてまた旅人の黄のカチーフ
山に放つ眼《め》をおろし来て部落あり人につながることは暗しも

東京から疎開して、長野県長沼村の林檎倉庫の片隅に棲んだが、農婦にはなり切れず、昭和二十四年、夫が長野市日赤病院長になったのでその社宅に移り、池田町に疎開していた父母を呼び寄せる。さらに夫が開業するので医院を建てた長野市東鶴賀町に転居した。その昭和二十八年から始まるのがこの歌集であるが、その七月に「父死す」の一連が入る。

サイミンと指もて書けり　こと終りねむりゆくべく眠らせよといふ
サヨナラとかきたるあとの指文字はほとほと読めずその掌《て》の上に

そして納骨の歌もあり、そのあとも、

随《つ》いてくるたましひなればしかたなし日向《ひなた》をえらび移りゆく我は

と、ともすれば父の死にかかわる短調の調べが流れる。この中に「人も馬も」は嵌め込まれている。自分が望まなかった田舎暮らしの鬱屈、脱出願望とないまぜて。

「馬」の歌も史には多い。父は陸軍少将にまでなった人なので、官舎には厩舎もあり馬丁もいる。幼い頃から馬に親しみ乗馬もした。『密閉部落』にも「馬」の歌がある。

重い雲の下をさまよふ馬一匹消えて童児期のさびしさ還る
馬いななけば北の原野に置きて来しわが童女期の花ゆれるなり
わがうちのバルーンの糸切られしが天馬《ペガサス》はつひに現れざりき

一人っ子の史には馬も友達であったのかもしれない。馬と史の童女期は強く結びついている。昭和三十年前後の長野市はどうだったのだろう。いかに山国の片田舎であったとしても、馬が橋上を往き来することは珍しかったと思われる。とすれば、史の潜在意識から絶えず先行して橋上に浮かび上がってくるのが、「馬」なのであろう。

喪の列が野をいつまでも見えてゐてわが足指の乾かざる土
くろき異装の喪の一隊がすぎてより野火突然の煙上げて燃ゆ

この不気味な幻の喪の列は、「一隊」とあるから軍列である。二・二六事件の残像なのだろうか。橋上ではないが、史の眼を絶えずよぎる「人」と、曳く「馬」としても考えられる。

それより掲げし事なし　衰へし父の背後にはためきし日章旗

この一首を冒頭に置いた「流木」の小題で『密閉部落』の三分の二は終わり、あとは『平家物語』を現代に発酵させた連作三部作の「密閉部落」になる。
とすれば前三分の二の部分は父への挽歌が基調にあり、「人」の残像の最も有力なひとりは父であり、父にまつわる二・二六の隊列の人達なのであろう。

高き橋行くわが服はブルウにて風景の餌食となりつつ遠のく　『密閉部落』
無表情のもの気易きに風景の橋は濡れすぎ木は曲りすぎ　『渉りかゆかむ』
〈橋懸《はしがかり》〉より去りてゆくものの羨《とも》しさはそのはしがかり在るといふこと　『ひたくれなゐ』

空間的にも時間的にも自在に歌われる史の橋は、現在から過去へ、過去から現在へ、さらに現在から未来へと、思うままにイメージを展開する舞台になっている。いわば「一条戻り橋」であった。京都の堀川に架けられたこの橋は、あの世から此の世にもどる橋であったという。その西詰めに陰陽師安倍晴明も住んでいたし、さまざまな怪奇が伝えられ、「橋占《はしうら》」の場ともなっていた。この橋は異界と往来できる橋なのであった。

戻り橋　帰らざる河　受話器おき人との間に闇ながれ居り　『渉りかゆかむ』

電話も人と人を繫ぐ橋で、一筋の電波が細く確かに渡ってゆく。もしかしたらこの交信はあの世との繫がりであったのかもしれぬ。

「橋は彼岸と此岸とを結ぶために、時代の先端技術を動員して、人間がつくりあげたものである。彼岸に渡ろうとする人間の夢の実現であった」と、さらに高城氏は言う。「人間の夢の実現」という橋の意味はすばらしい。

橋は平面的（二次元）移動にとどまらず、上にも下にも斜めにも伸びる。ハシ（端）という点（一次元）が橋になり、階や梯になり、箸や嘴《はし》にもなったように自由自在に伸び、立体的（三次元）になる。そして時間的にも往来できる「戻り橋」になれば、四次元になる。一方、とてつもなく空想的な神話の「天の浮橋」や、続いて「夢の浮橋」があって、そこを渡るには、イメージの飛躍が必要である。史の短歌は橋を舞台にして自由自在にイメージを繰り広げた。そして遂に夢の浮橋を飛翔して越え、他界の人となってしまった。

非在の史の行方は知れない。道を歩きながら、ひょいと左肩のあたりから、史の囁きを聞くことがある。「ほら、そこよ、そこを歌うのよ」と。風の吹き過ぎた後に、史のスカートの裾がひるがえる。

晩年歌一首鑑賞

風に研がれてさやぐ枯草発光をのぞみたりしが　発火してけり　『風翩翻』

枯草は作者自身の喩である。芒や葦などの群が亜麻色に枯れ、その先は冬の北風に削がれて、風の向きのまま細く細く研がれている。寒風に堪え、老いてなお研ぎすまされていく作者の感覚。それが捉える短歌はすさまじい。「発光」すれば永遠に輝く芸術作品となるのだろう。しかし、それより先に「発火」して燃え上ってしまった。「発光をのぞみたりしが」と言っているが、作者は発光を望んでいない。一瞬に燃え尽きる潔さがいい。全身で燃焼して読者に訴えるのが史の短歌の世界なのだ。発火してけり――に、あれあれ、思いがけないことになってしまって、という思いとともに、これでいいのだという満足がこめられている。「ひたくれなゐの生」のエネルギーの炎はまだ健在であるが、その上に、「けろりと軽く生きてをりし」の軽みが加わったこの一首の歌境に魅せられている。

正倉院展の奈良は日和か秋空に五絃の琵琶の音もひびけよ　『風翩翻以後』

二度の乳癌手術に加えて貧血入院。九十歳を越えた史は、ほとんどが白い壁の入院生活であった。出入り出来るのは家族と、「原型」編集室の連絡係、丁度四十周年の記念誌の出版時期でもあった。その他の会員は、先生の苦痛を思い面会を控える。見舞いの食品なども、抗癌剤の副作用で喉に通らぬと聞けば、あと、出来ることは手紙を書くことしか、先生への思いを伝える手段がない。

封書は開く手間が要《い》る。美しい風景とか、美術作品とかの葉書に、その季や、絵などにふさわしい先生の一首を記す。そしてお元気になってください――と加える。苦痛から読めない折も多いだろう。それでもいい、十枚二十枚と集まる量を見て、こんなに私のことを思ってくれる人がいるのだなあ――と目で楽しんで下さるだけでもいいではないか。

正倉院展は十一月初旬、近く住む私は毎年行く。平成十三年には、螺鈿紫檀五絃の琵琶が展示された。掻き鳴らす撥《ばち》を受ける部分に南海の海亀の甲羅を張り、その上に夜光貝で駱駝に乗って琵琶を弾くエキゾチックな人を浮き彫りにしている。背面は紫檀で華麗な唐花文《からはなもん》を一面にちりばめ、夜光貝の花びらの中は琥珀の赤の煌く花芯。唐で完成された美の結晶が、シルクロードの終着点奈良で辛うじて残った一品であった。この一枚に私が添えた先生の一首は残念ながら覚えていない。

平成十四年春号の「短歌四季」の、「夢すぎて」の連作中にこの一首を発見した時の嬉しさ。「あなたのお便り、読んでますよ」と先生は言ってくださったのだ。

秋空の豊旗雲から何時も先生の声がする。


鳶に吊られ野鼠が始めて見たるもの己《おの》が棲む野の全景なりし　『風翩翻以後』

平成十四年、他界した年の一月、「歌壇」に発表された。鳶にさらわれて宙吊りの野鼠の、最期の一瞬である。食べ物を蓄え、雌雄が睦み、子育てをし、しがみついていたあの巣穴は、点となり、遂に何処にも見えない。ただあるのはどこまでも広がっていく枯野の全景である。野鼠の一生は地から引きはがされ瞬時にかき消されてしまう。「井の中の蛙大海を知らず」の諺はあるが、それを知るのが命の終わりであれば、何を思ってもなす手だてもないのが惨酷でありすぎる。

昭和二十年三月末（三十六歳）に、史は長野に疎開し、五十年余り、この閉ざされた山国に住むことを余儀なくされた。その世界の狭さ、その偏りを常に戒めとしていたが、所詮自分の一生はこの野鼠のごときものであったに違いない。宙吊りの魂が感じる最後を、史はこう結論づけた。

最終歌集『風翩翻以後』を読む

齋藤史の生前の歌集は、第十一歌集『風翩翻』までで、平成五年（一九九三）から平成十年（一九九八）までの作品が納められている。その後の作品を納めたのが、『風翩翻以後』の遺歌集である。

平成十二年二月には既に乳癌の手術がなされ、その後貧血による入退院を繰り返し、平成十三年二月六日には、リンパに転移した部分の再手術が行われている。その後十四年四月二十六日の他界まで、史はほとんどを長野日赤の上階の病室に過ごした。

この窓の内にて死なむ　病室のなじみて白き何もなき壁

と詠んでいる。

冒頭歌は十二年一月号の角川「短歌」の「渋柿」の一連に発表された。

風の中の生きものはみな寂しくてその尾吹かるる馬と鶏

で、「風の歌人」にふさわしい歌より始まる。史は「寂しい」などという主情的な形容詞はほとんど使わない人であるが、この歌集二百七首中、八首に「寂しい」が現れている。因みに、直前の歌集『風翩翻』は、四百八十八首中、「寂しい」は七首しか使われていない。直前に死がさし迫った史の、これまでにない心情が思われる。自分をも含めた生きものを見渡したとき、寂しい……が自《おの》ずからのものとして口を衝いて出たものであろう。

営々と今年もあかき実をつけし渋柿はわが亡きのち伐らるべし　「渋柿」
かつがつに支へ来し日の夕茜　余命といふを紅葉が示す　「夕茜」
ひたひたと来る黄昏はいづこよりこの世かの世の岸辺か　知らず　同
春来りなば衰へ更に深まらむ予感のありて書く春の歌　同

「寂しい」と洩らしたのは瞬時、甘えを許さない史は、いつものように厳しく客観的に「死」を見詰めようとしている。

史は風とともに生きた。私は「風の歌人」と呼んで来た。昭和九年、二十五歳の史は、歌壇に次のような「風」の作を携えて颯爽と現れた。

岡に来て両腕に白い帆を張れば風はさかんな海賊のうた　『魚歌』

真向かってくる風を受け止め、両腕を広げる岡の上の史は、エネルギッシュであり、野心に満ち満ちている。

風に逆《さか》ひ行く事をむしろ張りあひと思へる子らよ声はり上げて　『杳かなる湖』

未完となったこの歌集にもあるように、若き日の史は、木枯　熱風《フェーン》　暴風《あらし》　疾風《はやて》などの、荒っぽく壮《さか》んな風に逆らいつつ行く人であり、些細でひ弱な感情は飛ばされ、逞しい意志と夢だけが育つ風と生を共にしている。

はるかなる天山南路こえてくるあれは同族《やから》かいまだに呼べり　『うたのゆくへ』

四十歳を越えた頃から、史は風を「同族《やから》」と呼ぶようになる。この同族《やから》は、天山南路を越えてくる広大なイメージの風で、ちっぽけな日本の谷間に住む史に呼び掛けてくるのだ。

奔放で自在な、地球規模、いや宇宙規模の風のイメージは、史を捉えて止まず、六十歳代の「ひたくれなゐ」の時代に構想は結実する。

ふたひらのわが〈土踏まず〉土をふまず風のみ踏みてありたかりしを
風恋ふればよるべなしやの　たどきなしやの　北に南におちつきがたし

「日々旅にして旅を住家とす」と言い、「漂泊の思ひ止まず」と結んだ芭蕉に繋がる漂泊《さすらい》の思いや、上空へといざなわれる己れの本質に迫った名歌が結集している。そしてこの二首を含む「風のやから」二十二首の連作は、史の風への思いのクライマックスとして纏まり、迫力あるものになった。

恋よりもあくがれふかくありにしと告ぐべき　吟《さまよ》へる風の一族
はるかより声呼びやまぬわが族《やから》　おう・おうと応へ行きがてなくに

遥かより来たりて呼び掛け止まぬ風、あなたたちと私も同じ、あこがれ深く生きているよ、と応える史。劇的な唱和として構成されていて、独創的な壮大な詩劇の形を取っている。

一方、『ひたくれなゐ』の一つ前に出された『風に燃す』は題名にも「風」が使われ、風に憧れる生に消耗していくもの、若さ・体力に思い及んでいる。風は限りなくすべてを奪っていくものなのだ。

水銀色の髪となりしかば朱に染めて風に燃さんかな―惜命《しやくみやう》
ガラス色の空光りつつ罅《ひび》入れば今日山国を駈けぬける熱風《フェーン》
熱風の中あゆみ来ていいたく瘦せぬ　すでに消耗せし五十年
ひたすらに樹を植ゑたくて植ゑるなり熱風《フェーン》の中のわが植樹祭

「植樹祭」の樹は、己れの歌の喩かもしれないが、昭和三十七年には、「原型」を創刊して主宰となったことを思うと、集まった多くの仲間の喩とも考えられる。風、特に熱風《フェーン》を望んだ史は「光」の詩人でなく、「熱」の詩人である。発光すれば枯草の存在も持続的になるが、発火すれば一瞬で、跡形もなくなる。全歌集を読むと、「燃える」「燃やす」の語の多さに気付く。あの『ひたくれなゐ』の生も、燃える生の象徴であったのだろう。

死地いづこと決めざる軽さふるさとを持たざるものは風のともがら
『渉りかゆかむ』

東京に生まれ、軍人の父齋藤瀏の任地を転々とした史は、一時東京に住んで結婚したが、東京空襲を逃れて、長野市に疎開し、長野という谷間を出ることはなかった。が、史はそこも故郷ではなく、終生故郷を持たなかった。

蹠から空気を吸へと言はれ居り飛翔の族と今宵なるべき　『秋天瑠璃』
煌びやかに星座名を持つ天空に無名の風の一族の過ぐ　同

八十四歳の第十歌集にも、史の「風」への同化は繰り返し歌われる。又、折々の即興にも、史の風は面白い。

ひとり去れば一人分の風通しよくなる部屋の椅子並べゆく　『秋天瑠璃』
老いたりとて女は女　夏すだれ　そよろと風のごとく訪ひませ　同

史の童話に、『風のヒユウ』がある。「長野県あたりに、ヒユウという名の小さい風が居った」と書き始め、実にいきいきと風が形象化されている。宮沢賢治の『風の又三郎』にも劣らぬ独創性がある。語り口も、生前の史そのままで、読後に、ほんわりと残る温もりとおかしさがたまらない。風を語らせたら尽きることのない史であった。

雛鶏《ちやぼ》抱いてとりも私も目をつむる風に乗りゆく夢を見るため　『風翩翻』

飛べない矮鶏を抱く飛べない史、お互いに目をつむって空を飛ぶことを夢みる。こんな晩年の史の写真があって、お別れの会に大きく飾られた。平成九年一月、宮中歌会始の召人になり奉った歌にも「風」が出てくる。御題は「姿」であったのだが。

野の中にすがた豊けき一樹あり　風も月日も枝に抱きて　『風翩翻』

「姿豊けき一樹」に、私達は史の姿を重ねる。「風も月日も枝に抱きて」、史の人生から「風」を除くことは出来なかった。

さて、人生の終章『風翩翻以後』の「風」はどんな風であったのだろうか。

わが歌は風に放たむ　山国の狭き谷間に捕らはるるなよ

連作「百鬼百神」の最後に置かれた一首。史の「風」への思いである。命を削るように作り続けたわが歌を、この山国の狭い谷間に閉じこめないで、大空を行き来する風に放してやりた

いと言うのだ。さらに自らの魂も、

山国のたためる山の襞越えて去るをよろこべ死後のわが魂

と、「名残雪」の連作中に書く。史は山国の閉塞性を厭い繰り返し歌った。

山国の風をかなしめゆきあたりつきあたりつつ　その山の壁　『ひたくれなゐ』

歌文集『やまぐに』の「日ぐれ」と題した一文を読むと、さらに具体的になる。「未だ陽光のため鍍金されてゐる明るい所も見る見る小さく狭められ、そして陰影の中にすべりこんでゆく。山山は——この平地の周囲をかこみ、厳重にとりよろつた山山は、人々の持つ何かを決してこの囲みの中から取逃す事のないやう絶えず見張り、封じこめてゐるやうに見える。この山国人の生命も習慣も熱情も、或は宿命も。この地上のささやかな一隅に閉ぢこめておかねばならないといふやうに」と。

史は東京から疎開した三十歳以降、終生この山国の捕らわれ人《びと》であったから、自らの魂が死によってこの山峡から解放されたい思いがあった。そして、生涯手放すことのなかった自らの短歌を、風に放って自由にしてやりたいと思ったのも、自然のなりゆきであろう。

わが手より放ちたるもの鳩の雛・熱気球・いま黄なるかまきり

若き日に放った真っ白な「鳩」、夢のシンボルの「熱気球」、しかし今、放つのは衰えた晩秋のかまきりである。耄けかまきりに史は自分を重ねていたのかも知れぬ。「表現とは、むなしいものであり、それゆえに、いとおしい人間の作業と思つて居ります」と、史は『風に燃す』のあとがきで言っている。

うつくしき色糸刻み蓑虫に蓑作らしし遊び終りぬ

死の直前、史はいとおしみ作り続けてきたわが歌に止めを刺すようにこの一首を置いた。「夢すぎて」十五首中の一首である。自らの短歌に自ら終止符を打った史が、潔く、切ない。

身の内の悪細胞にもの申す　いつまで御一緒をするのでしょうか
ひつそりと死者の来てゐる雪の夜　熱い紅茶をいれましょうね

もの柔らかいこの物言い、ユーモア、

右胸部に腫瘤剔出痕のある老女死体となるべしわれは
鳶に吊られ野鼠が始めて見たるもの己《おの》が棲む野の全景なりし

冷徹なまでの客観。昇天する史はなお、己れの棲んだ場の狭さ、片寄りを意識したのだろうか。最期に見た桜は、中空にただよう史とともに漂う幾万の花びらであった。

さくらは人と似るべきものかひとり来てあふぐ空中重さ軽さなし

あとがき

式子内親王ノート

昭和五十四年、京都市立西京商業高等学校の「研究紀要」第十四集に、頼まれて書く。その後、所属していた京都の結社「恵風」に、更に書き加えて発表したものである。

幼時から親しんだ百人一首の、式子内親王の絵姿——几帳を背にした後姿に心引かれ、得意札としていたが、その後も、彼女の歌への関心は衰えることはなかった。『新古今』は勿論のこと、三つの百首歌に至って、式子の特徴的な心情や、性格に気付き、感動は深まった。

その頃の私の住居は、内親王の墓のある千本通り今出川東入るの御陵（宮内庁般舟院陵）に近くもあった。例の、定家葛の這いからんだという逸話のある場所である。法名は「承如法」。名を唱えて、通るたび手を合わせた。晩年の彼女の邸宅、「大炊殿」も京都御所の南、今の京都地方裁判所の裏に当たる。竹屋町通り富小路の一角であり、「軒端の梅はわれを忘るな」を口ずさみつつ歩いた。八百年を経ても、私にとってはなまなましい人であった。

平成元年十二月、石丸晶子の『式子内親王伝』が出て、「面影びとは法然」という主題に驚嘆した。さまざまに推測された思い人が、法然上人であったと言うのだ。作者の考証は隙がなく、明確で、私は嬉しかった。法然の手紙にある教えのように、「南無阿弥陀仏」を唱えて、往生することを信じ、法然を待つという安らぎの臨終であったとしたら、どんなにか幸せであっただろう。

このノートを書いてから二十五年も経ったが、今も愛誦歌の第一に挙げるのは「桐の葉も踏みわけがたくなりにけりかならず人を待つとなけれど」である。

風の歌人　齋藤史

齋藤史は、死後、「てがみ」という次のような詩を用意していて、知人に送った。

明日　わたしは　鳥になり
あなたのそばから　飛んでゆきます
わたしの　いつも　居たところ
茶の間のあかり　消えるでしょう

あした　わたしは　風になり
空の向うへ　帰ってゆきます
雲のあいだを　駆けながら
星のことばを　聞くでしょう

いつも　わたしは　何処かにいて
みんなのことを　思っています
花や水やが　きらめいたら
それは　わたしの　てがみです

私は風の歌人と名付けていたが、史は、ほんとうに風になってしまった。史との出会いは昭和五十七年。七十三歳であり、他界は平成十四年、九十三歳だから、二十年のご縁。それも晩年のご縁であった。丘に立ち、両腕に白い帆を張って風に向かう、若き日の史を、残念ながら私は知らない。しかし、史は、私の前に常に立ちはだかる凜然とした壁であった。主宰を失った「原型」で歌っていた私たちは、「たどきなしやのよるべなしやの」の連続であった。史は、自分の死後「原型」を終刊するつもりであったとも聞いた。が、自宅ではない場所に編集室は移され、更に、平成二十二年からは関西に移され、頑張って発行してもらった。二十五年三月に終刊号が出た。その仲間たちの努力には並々ならぬものがあった。思えば私がここまで短歌を続けられたのは、「原型」の仲間の励ましがあったからこそである。その温かい支えに、精一杯の「ありがとう」を言いたい。

二十年も前のこと、「式子内親王ノート」と史の評論の一部を読んでいただいた精神科医の今泉徹先生から、機会があれば出版するように勧められた。ためらいつつ今、私の生きた証として世に出すことにした。先生にもお礼が言いたい。また装丁には、同僚だった阿部和佳恵さんの美しい継ぎ紙をいただいた。この上ない喜びである。

出版といえば、私の二つの歌集をお願いして、よりよく仕上げてくださった短歌研究社しか思い浮かばない。今回もお願いし、素人の私には考え及ばない細やかなご助言をいただくことが出来た。堀山和子さま、菊池洋美さまに心からの感謝を捧げたい。

平成二十七年一月二十五日　　石川路子

検印
省略

平成二十七年八月十八日　印刷発行

式子内親王ノート―風の歌人　齋藤史

定価　本体二五〇〇円
（税別）

著　者　石《いし》川《かわ》路《みち》子《こ》

発行者　堀山和子

発行所　短歌研究社

郵便番号一一二―〇〇一三
東京都文京区音羽一―一七―一四　音羽YKビル
電話〇三（三九四四）四八二二・四八三三
振替〇〇一九〇―九―二四三七五番

印刷者　豊国印刷
製本者　牧製本

ISBN 978-4-86272-470-0　C0095　¥2500E